www.mayabook.co.kr

www.mayabook.co.kr

절대자의
게임

절대자의 게임 ⑪

지은이 | 설화객잔-화운(話云)
펴낸이 | 권순남
펴낸곳 | (주)마야 · 마루출판사

등록 | 2008. 1. 7 (제310-2008-00001호)

초판 인쇄 | 2016. 5. 16
초판 발행 | 2016. 5. 18

주소 | 서울시 노원구 상계 1동 1049-25 신영산업 BD 602호
대표전화 | 02-2091-0291
팩스 | 02-2091-0290
이메일 | marubooks@hanmail.net

ISBN | 978-89-280-6389-5(세트) / 978-89-280-7020-6
정가 | 8,000원

잘못된 책은 교환하여 드립니다.
저자와 협의하여 인지를 붙이지 않습니다.

「이 도서의 국립중앙도서관 출판시도서목록(CIP)은 서지정보유통지원시스템 홈페이지(http://seoji.nl.go.kr)와 국가자료공동목록시스템(http://www.nl.go.kr/kolisnet)에서 이용하실 수 있습니다.」
(CIP제어번호:CIP2016011734)

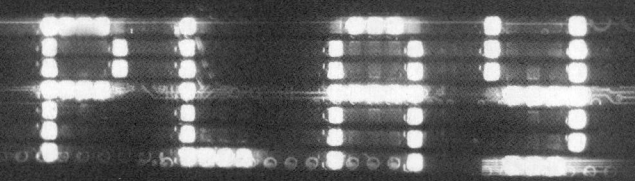

절대자의 게임

MAYA & MARU FUSION FANTASY STORY
설화객잔-화운(話云) 퓨전 판타지 장편소설

11

마루&마야

▲목차▲

제1장. 멸망 …007

제2장. 그들의 힘 …041

제3장. 절망의 사자 …075

제4장. 아버지 …107

제5장. 편성지 …137

제6장. 그날의 기억 …167

제7장. 또 다른 멸망 …201

제8장. 단서를 찾아라 …233

제9장. 그놈은 어디에? …263

제10장. 사냥 …293

절대자의 게임

제1장

멸망

쉬익-

녀석은 사각지대에서 나타났다.

사삭-

고개가 돌아가지 않는 뒤쪽이었다.

멸망은 그 짧은 사이 가장 위협적인 공간을 계산해 낸 듯했다.

'이런!'

섬뜩한 기분이 드는 순간이었다.

쉬잉-

멸망이 암흑 검을 휘둘렀다.

이걸 피할 방법은?

없었다.

"합!"

그럼에도 이민준은 전력을 다해 전방으로 도약했다.

그러곤,

파가가강-

예상했던 대로 등에서 뜨끔한 통증이 올라왔다.

띠링-

[카라 : 치명적인 상처 스킬에 당하셨습니다. 생명력 복구가 둔화됩니다.]

[방어력 무시 스킬에 당하셨습니다. 방어력의 30퍼센트가 격감합니다.]

[저항력 무시 스킬에 당하셨습니다. 모든 저항력이 25퍼센트 낮아집니다.]

타닷-

앞쪽으로 착지한 이민준은 서둘러 방어 자세부터 취했다.

"크윽!"

녀석에게 당한 상처가 깊었던지 등이 불에 덴 것처럼 욱신거렸다.

망할 자식!

단 한 번의 공격일 뿐이었다. 그럼에도 생명력이 무려 8퍼센트나 깎였다.

이민준이 가진 방어구와 여러 가지 효과를 생각했을 때, 프로그램 녀석의 공격력은 상상을 초월할 정도로 강했다.

'신급 장비가 아니었다면 생명력이 반 이상은 줄었겠지?'

뜨끔한 생각도 들었다.

그때였다.

띵-

[상처 : 감당하지 못할 적을 마주했습니다. 비상 체제로 돌입합니다.]

상처가 흡수한 영혼들을 영혼 탄환으로 변환하는 작업을 시작했다.

츠츠츠츠-

그사이 공중에 뜬 멸망이 이민준을 경계하며 말했다.

"분명 경고했다, 한니발. 그대는 나를 이길 수 없다. 그대가 나를 이길 확률은 37퍼센트일 뿐. 확률은 점점 줄어들고 있다."

그래? 그래서 뭐?

나보고 항복이라도 하라는 말이냐?

전투 중엔 다른 생각을 할 이유가 없었다.

타닷-

이민준은 멸망을 향해 달려들었다.

후으윽-

절대자의 자격을 끌어 올리며 달리는 거다.

사삭-

거리는 순식간에 좁혀졌다.

쉬욱-

이민준은 블랙 스노우를 내밀어 공간을 찔러 들어갔다.

츠팟-

역시나 녀석의 모습이 사라졌다.

그 정도도 예상 못했을까 봐?

차자자장-

일부러 힘을 조절한 거다.

이민준은 검의 방향을 바꾸었다.

쉬셩-

그러곤 녀석이 나타날 만한 장소를 향해 날카롭게 검을 휘둘렀다.

파가가강-

시커먼 기운이 공중에서 터져 나왔다. 손에서 묵직한 타격감이 느껴진 거다.

'그럴 줄 알았다!'

츠팟-

짧은 빛과 함께 녀석이 또 사라졌다.

왜? 네놈이 자랑하는 합리적인 판단을 하려고?

휘익-

이민준은 왼팔에 장착한 블랙 스톰을 휘둘렀다.

그러자,

파가강-
"어떻게?"
콰광-
블랙 스톰에 제대로 얻어맞은 멸망이 힘을 주체하지 못하고는 구석으로 날아가 처박혔다.
우직- 우지직-
그 때문에 나무로 만들어진 가구들이 부서지고 말았다.
굉장히 강하게 부딪친 거다.
터덕- 터덕-
그럼에도 녀석은 아무 일 없었다는 듯 자리에서 일어섰다.
하기야.
프로그램 따위가 무슨 고통을 느끼겠는가?
쉬잉-
이민준은 블랙 스노우를 돌리며 자세를 잡았다.
그러는 사이,
츠팟-
연산을 끝낸 듯 멸망이 먼저 움직였다. 아무래도 기다리기만 해서는 안 되겠다고 판단한 듯싶었다.
'어디냐?'
이민준은 온 신경을 집중했다. 녀석이 나타날 만한 곳을 찾아야 했다.
그때였다.

츠가각-

마치 손이 수십 개로 늘어난 듯 여러 방향에서 암흑 검이 나타났다. 시커먼 비가 쏟아지는 것 같았다.

슈슈슈슉-

그런 모습으로 날카로운 소나기가 머리 위에서 마구 떨어져 내렸다.

카가가강- 파강-

이민준은 검과 방패를 이용해서는 최대한 빠르게 녀석의 공격을 막았다.

콰가가강- 카앙-

"끄윽!"

하지만 모든 공격을 막을 수는 없었다.

후으윽-

절대자의 자격으로 몸을 방어하고 있었다.

촤좌장- 카강-

파가가강-

"아으윽!"

그럼에도 끔찍한 고통은 갑옷을 뚫고는 그대로 전달이 되었다.

녀석이 가진 공격력이 엄청나다는 뜻이었다.

상상을 초월할 만큼 막강한 적수!

짜드득-

이민준은 방패인 블랙 스톰을 쥔 손에 힘을 불어넣었다.
'이런 씨!'
어떻게 순식간에 이렇게 빠른 공격을 할 수 있단 말인가?
서둘러 잡념을 털어 냈다.
이대로 당하기만 할 수는 없으니까!
타개책이 필요했다.
"흐하합!"
이민준은 블랙 스톰에 절대자의 자격을 주입하며 휘둘렀다.
쉬이익-
번쩍- 번쩍-
그러자 방패에서 번개가 일어나며 방 안 이곳저곳으로 전기를 흘려보냈다.
카가가강-
그러는 와중에도 멸망의 공격은 계속해서 이어졌다.
'변함없이 진화하고 있단 말이지?'
멸망은 전투를 데이터로 가지고 있을 뿐 실전 경험이 없는 녀석이다.
그 덕분에 이민준의 변칙 공격이 먹혔는데, 지금은 녀석이 그것조차 간파하고 있는 것 같았다.
"크흐윽!"
이민준은 생명력을 확인했다. 어느새 30퍼센트 이상의 생명력이 줄어들어 있었다.

'더 빨리!'

후으윽-

이민준은 블랙 스톰에 절대자의 기운을 최대한 퍼부었다.

후그르륵-

시커먼 구름이 블랙 스톰을 감쌌다.

'지금이다!'

카가강-

이민준은 미친 듯이 쏟아져 내리는 암흑 소나기의 중앙으로 블랙 스톰을 날렸다.

그러자,

쿠아아앙-

콰르르륵-

엄청난 천둥소리와 함께 멸망이 뒤로 밀렸다.

쩌등-

우스스스-

성의 한쪽 면이 날아가며 돌가루가 날렸다.

블랙 스톰에게 얻어맞은 멸망 녀석이 성을 뚫고는 밖으로 날아간 거다.

블랙 스톰의 필살 스킬인 '스톰 레이지'였다.

'좋아!'

드디어 기회가 왔다.

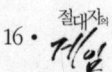

타닷-
이민준은 망설임 없이 밖을 향해 달렸다.
'비행!'
후욱-
스킬을 사용해서 하늘을 날았고,
'블랙 스톰!'
회수 스킬을 사용해서 저만치 떨어져 있던 블랙 스톰을 다시 불러들였다.
콰악-
이민준은 블랙 스톰을 착용하자마자 속도를 높였다.
쉬이익-
공격이 성공한 만큼 쉴 틈을 주어선 안 되기 때문이었다.
'이 자리에서 멸망 따위 끝내 주마!'
쉬아아악-
이민준은 날아가고 있는 멸망을 확인했다.
사삭- 사삭-
녀석은 자신이 받은 힘을 이겨 내기 위해 공중에서 허우적거리고 있었다.
놈이라면 금세 균형을 잡고는 반격을 펼칠 게 뻔했다.
결정타가 필요한 시점이었다.
이민준은 인벤토리부터 확인했다.
스슥-

아까부터 반응하기 시작했던 검은 덩어리 3개.

호드드드드-

어느새 에너지를 잔뜩 모았던지 3개의 검은 덩어리가 주변으로 강력한 힘을 흩뿌리고 있었다.

성직자의 피에 영향을 받은 멸망의 징조들!

'20만, 23만, 30만?'

각각의 검은 돌이 모은 에너지의 양이었다.

이민준은 고민 없이 바로 둥근 모양의 돌 하나를 꺼내 들었다.

그러곤,

휘익-

망설이지 않고 투척 스킬과 함께 첫 번째 돌을 집어 던졌다.

슈아악-

무려 절대자의 자격 7단계의 힘을 쏟아부은 투척 스킬이다.

츄아악-

시커먼 돌은 레이저를 쏜 것처럼 일직선으로 멸망에게 날아갔다.

'지금이다!'

퍼억-

강하게 날아간 돌덩이가 게스타스의 모습을 한 멸망의 복

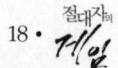

부에 부딪혔다.

그 정도의 제구력은 당연한 거니까.

그러곤,

쿠아앙-

공중에서 엄청난 폭발이 일어났다.

후으으으윽-

그와 동시에 시커먼 구름이 몸집을 부풀렸다.

차작-

이민준은 서둘러 블랙 스톰을 들어 올렸다.

화아악-

시커먼 화염이 혀를 날름거리며 다가왔기 때문이다.

화그르륵-

엄청난 열기가 주변을 훑고 지나갔다.

고작 검은 돌 하나였는데 이 정도의 파괴력이라니?

믿기지 않을 만큼 강력한 힘을 가지고 있었다는 건 인정해야 했다.

후으윽-

이민준은 절대자의 자격을 보강하면서 최대한 암흑의 힘으로부터 자신을 보호했다.

폭발성 에너지였기에 시커먼 열기는 그리 오래가지 않았다.

스스스-

가장 바깥쪽에서부터 열기가 가시자 주변이 밝아지기 시작했다.

스슥-

이민준은 공중에 뜬 채로 주변을 빠르게 확인했다.

아무리 강력한 공격이었다고 해도 상대는 세상 전체를 멸망시키려 했던 프로그램이다.

만에 하나 녀석이 살아 있기라도 하면 그건 정말 위험한 상황이 될 테니까.

'죽은 거냐?'

모든 신경을 집중하며 프로그램의 존재를 확인하려던 순간이었다.

쉬쓱-

순간 머리 위에서 섬뜩한 기분이 들었다.

'설마?'

이민준은 빠르게 고개를 들었다.

그러자,

츠팟-

놀랍게도 시커먼 형상이 머리 위에 떠 있었다.

'이럴 수가!'

그건 마치 사람처럼 생긴 시커먼 존재였다.

그리고 그것이,

슈각- 슈가각-

칼처럼 뾰족한 양손을 이민준의 몸에 박았다.

"허억!"

손을 쓸 수도 없을 만큼 순식간에 일어난 일이었다. 그럴 만큼 녀석의 움직임은 현상 그 자체처럼 보였다.

까드득-

인지도 하지 못하는 사이 몸이 뚫리고 만 거다.

"크하악!"

엄청난 통증이 밀려왔다.

놈의 뾰족한 손에 뚫린 곳은 왼쪽 어깨와 복부였다.

까드득-

녀석이 손을 비틀자 몸속에 강력한 전류가 흐르는 것처럼 몸이 마구 떨렸다.

(현재 그대가 나를 이길 수 있는 확률은 10퍼센트 미만. 한 니발, 내가 말한 것과 같이 그대는 나를 이길 수 없다.)

"끄아아악!"

고통스러운 상황이었음에도 놈이 멸망 프로그램임은 알 수 있었다.

조금 전 폭발로 게스타스의 몸은 완전히 재가 되었을 테니까.

하지만 그럼에도 멸망 프로그램은 살아남았다.

"허어억!"

이민준은 끔찍한 고통을 느끼는 와중에도 멸망 프로그램

의 에너지를 확인했다.

절반!

놈은 조금 전 공격으로 절반의 생명력만을 잃었을 뿐이었다.

그렇게 막강한 공격이었는데!

순간 그런 생각이 스쳐 지나가는 사이,

쩌드드득-

멸망이 이민준의 몸에 박아 넣은 손을 비틀었다.

띠링-

[카라 : 알지 못할 방해로 인해 스킬 사용이 제한됩니다.]

[막강한 방해물이 생명력을 빠르게 약화시키고 있습니다.]

[주의하십시오. 보호받지 못할 고통이 정신에 이상을 줄 수 있습니다.]

"커헉! 커헉!"

카라가 말한 것처럼 눈이 뒤집히는 고통이 전신을 휘감아 돌았다.

그뿐만이 아니었다.

후웅- 후웅-

눈앞이 시뻘겋게 변하며 모든 신호가 위험을 알리고 있었다. 생명력이 빠르게 줄어들고 있었기 때문이다.

"크흐흐흑!"

이민준은 어떻게든 이 상황을 벗어나기 위해 힘을 끌어 올

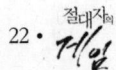

려 보았다.
 하지만,
 띵-
 [상처 : 절대자의 자격 사용에 제한을 받습니다.]
 [몸속으로 들어온 방해 물질을 제거하지 않으면 죽을 수도 있습니다.]
 [경고! 경고! 죽음에 대비하십시오.]
 뇌가 하얗게 타 버리는 것처럼 세상이 마구 흔들리기 시작했다.
 (한니발, 나의 알고리즘은 그대를 위협으로 인식했다. 더 이상의 타협은 없다. 나는 그대를 죽인다. 현실과 연결이 끊기면 다시 여기로 부활할 거다. 그러고는 나는 그대의 목숨을 완전히 끊어 버리겠다.)
 "흐, 크으윽! 커윽!"
 모든 것이 고통으로 점철된 상황임에도 이민준은 놈이 말하는 의도를 알아들었다.
 놈은 이민준의 첫 번째 생명을 끊고는 바로 두 번째 생명마저 끊겠다는 말이다.
 보통 유저가 게임 속에서 죽으면 현실과 선이 끊기면서 가까운 마을로 부활하니까.
 목숨이 하나만 남게 되는 거다.
 그런데 프로그램 녀석은 그걸 조절해서 자신의 앞에 이민준을 부활시키겠다는 말이었다.

그 말인즉, 마지막 목숨마저 끊어 버리겠다는 거다.

"마, 망할 새끼! 크흑! 어떻게 죽지 않고!"

대체 어떻게 조금 전 공격을 이겨 냈단 말인가?

후웅- 후웅-

생명력이 거의 바닥에 다다랐다.

고통에 고통을 덧씌운 것처럼 엄청난 아픔이 따른 후에 '좀비의 근성' 스킬이 발동하기도 했다.

하지만,

(하마터면 소멸할 뻔했다. 내가 예측하지 못했던 막강한 에너지였으니까. 하지만 난 그 짧은 순간에도 성장하고 있었다. 그랬기에 그대는 틀렸다. 난 오류 프로그램이 아니다. 내가 바로 이곳 세상을 올바르게 이끌 진정한 운영체제다.)

미친! 고작해야 바이러스 주제에!

끄아아악!

온몸의 신경을 끄집어내 당기는 것처럼 작은 고통 하나하나가 뇌 속에 각인되었다.

이런 고통이 존재할 수 있을까?

하지만 그게 끝이 아니었다.

떵-

[상처 : 강력한 기운이 스킬에 영향을 미칩니다.]

[좀비의 근성 스킬이 해지됩니다.]

[누군가의 간섭으로 좀비의 근성 스킬이 사라졌습니다.]
'무, 무슨?'
좀비의 근성은 마지막까지 목숨을 지켜 주었던 유일한 수단이었다.
그런데 그런 수단이 사라졌다고?
"크허억!"
이민준은 고통이 정신을 차지하고 있는 와중에도 눈앞에 있는 시커먼 존재를 노려보았다.
프로그램 녀석이 시스템을 역행하며 이민준이 가지고 있던 최후의 스킬마저 없애 버린 거다.
그리고 그렇다는 건 죽음이 눈앞에 와 있다는 거였다.
경고! 경고! 경고!
이민준은 바닥까지 떨어진 생명력을 쳐다보았다.
심장이 덜컥하고 내려앉았다.
생명의 징표를 잃었던 당시를 빼고는 생명력이 10 이하로 떨어진 건 처음이니까.
그동안 설마 하고 생각했던 죽음이 정말 눈앞에 와 있는 거였다.
8··· 7··· 6······.
마치 초침이 고장 난 시계처럼 모든 것이 천천히 흘렀다.
더 이상의 고통은 느껴지지 않았다. 어쩌면 몸속에 있는 모든 신경이 망가져 버린 건지도 몰랐다.

땡-

[상처 : 절대자의 자격이 통제력을 잃었습니다. 더 이상 몸을 보호할 수 없습니다.]

띠링-

[카라 : 몸의 모든 저항력이 사라졌습니다. 죽음에 대비하세요.]

이민준은 시스템이 보내는 경고 메시지에 허탈함을 느꼈다.

상처와 카라마저 모든 걸 포기한 것처럼 말하고 있었으니까.

'끝인가?'

문득 그런 생각이 들었다.

죽을 때가 되면 지나온 삶이 주마등처럼 지나간다더니…….

그런 건 없었다.

엄마, 그리고 사랑하는 동생들.

단지, 이 짧은 시간에 떠오르는 건 오직 하나.

이민준에게 남은 유일한 보물인 가족들뿐이었다.

'끝까지 함께해 주지 못해서 미안해요, 엄마. 아버지의 자리를 제대로 채워 주지 못해 정말 미안하다, 동생들아.'

오늘 죽을 줄 알았다면 어제저녁에 이 말을 꼭 전해 주고 왔어야 했는데…….

전하지 못한 말이 너무 많아 아쉽기만 했다.

그렇게 생각하니 가슴속에서 깊은 상처가 난 것처럼 아팠다. 육체의 고통이 멈춘 대신 마음속 고통이 생겨난 건지도 몰랐다.

이민준은 흐릿해져 가는 시선으로 텅 비어 가는 생명력을 확인했다.

4… 3… 2…….

1.

생명력의 숫자가 1이었다.

다음은 0이다.

0.

'죽음인가?'

그렇게 생각하고 있었다.

그런데 왜?

왜 아프지도 않고, 생명력도 줄어들지 않는 거지?

후으으윽-

그렇게 생각하는 사이, 흐릿한 시선으로 환한 빛이 보이기 시작했다.

'이게, 이게 환영이 아니었다고?'

조금 전부터 보이기 시작하던 빛이다.

그리고 이민준은 이 빛이 자신의 죽음 전 현상이라고 생각했었다.

하지만,

(한니발, 약속을 어겼군. 이건……)

멸망 녀석이 말을 끝맺지 못했다.

화윽-

녀석의 등 뒤에서 빨간빛이 번쩍였기 때문이다.

(적의 공격이다! 위협이 높아졌다! 우선순위 검색! 공격 대상 변경!)

공중에 뜬 채로 고개를 두리번거리던 멸망이 한쪽에 시선을 고정하며 지른 소리였다.

그러곤,

쉬욱- 쉬우욱-

멸망 프로그램이 이민준의 몸에서 손을 뽑았다.

"커흑!"

그제야 상처에서 통증이 느껴졌다.

'아직, 아직 1이다.'

생명력은 여전히 1을 고수하고 있었다.

다행인 건 더 이상 생명력이 떨어지지 않았다는 거다.

이게 0이 되면 죽는 거니까.

하지만 좋아하기엔 일렀다. 이대로 생명력이 올라가지도 않으니 말이다.

'이런!'

이민준은 그 상태로 바닥을 향해 떨어져 내리기 시작했다. 비행 스킬이 사라진 거다.

멸망에게 공격받으며 모든 스킬이 해제되었기 때문이리라.

후우으윽-

'대체 무슨 일이지?'

바닥을 향해 떨어지면서도 이민준은 머릿속에 든 의문을 지울 수가 없었다.

왜 나는 안 죽었지?

그리고 멸망 녀석은 어디로 간 거지?

그때였다.

펄럭-

저 먼 곳에서 거대한 날개를 편 채로 날아오고 있는 생명체가 눈에 들어왔다.

하늘을 가려 버릴 것 같은 커다란 몸체.

먹구름처럼 시커먼 날개.

'아서베닝?'

저도 모르게 울컥한 마음이 들었다.

볼을 따라 흐르는 눈물이 저 녀석을 봐서인지, 아니면 조금 전 고통 때문인지는 알 수 없었다.

어쨌든 이민준은 든든한 모습으로 날갯짓을 하고 있는 존재가 블랙 드래곤인 아서베닝임을 확신했다.

그때였다.

키아아악-

콰광-

아서베닝과 멸망이 부딪쳤다.

번쩍- 콰르릉-

엄청난 에너지가 터져 나오며 주변을 붉은빛과 검은빛으로 물들였다.

'베닝아! 안 돼!'

목소리가 나오지 않았다.

하지만 그럼에도 이민준은 아서베닝을 말리고 싶었다.

아서베닝은 멸망의 상대가 되지 않으니까.

이대로 있다가는 아서베닝마저 죽게 될지도 몰랐다.

후으윽-

그러는 사이, 어느새 몸이 바닥에 가까워져 왔음을 깨달았다.

생명력이 1인데 바닥에 떨어진다면?

그건 그대로 죽음이다.

섬뜩한 기분이 들려 할 때였다.

화우우욱-

순간 시커먼 구름이 이민준을 감쌌다.

그러곤,

((흐어어! 잡았습니다!))

이민준을 품에 안은 존재는 다름 아닌 섀도우 나이트였다.

"새, 크윽! 섀나?"

((주인님! 흐어어! 주인님!))

녀석의 목소리에서 강한 분노가 느껴졌다.

누가 우리 주인님을!

어떤 놈이 감히 나의 주인님을!

말이 별로 없는 섀도우 나이트다.

그럼에도 이민준은 녀석의 뜻을 분명하게 알 것만 같았다.

후으윽-

이민준을 품에 안은 섀도우 나이트가 빠르게 움직여 외곽 쪽으로 날았다.

스스슥-

아서베닝이 전투를 벌이고 있는 곳에서 조금 벗어난 곳이었다.

"주인님! 으아아! 이걸 어떻게 해? 주인니임!"

크마시온이 호들갑을 떨었고,

"아아, 한니발 님."

손에서 하얀빛을 내고 있는 앨리스가 울 것 같은 표정으로 다가왔다.

'저거구나!'

이민준은 그제야 자신의 생명력이 1에서 멈춘 이유를 알았다. 그리고 그건 바로 앨리스의 생명력 유지 스킬 덕분일 것이다.

'내가 이걸 못 느꼈단 말인가?'

앨리스가 시전한 스킬이라면 알았어야 옳았다.

이민준은 자신의 몸 상태를 점검했다.

하기야.

몸이 이 상태인데 무언들 느낄 수 있을까?

"죄송해요. 조금 더 빨리 왔었어야 했는데."

앨리스가 눈물을 글썽이며 한 말이었다.

"괘, 괜찮, 크흑! 아요. 새나, 크마시온, 쿠훅! 어서, 어서 베닝이를 도와. 혼자선, 크흐윽! 혼자선 할 수 없어."

이민준의 말에 두 녀석이 잠시 주춤했다. 목숨이 위험한 주인을 두고 갈 수 없었기 때문이다.

"어서, 우욱, 명령이다!"

"아, 알겠습니다, 주인님."

((흐어어! 분부대로!))

그제야 뜻을 받아든 섀도우 나이트와 크마시온이 움직였다.

후으윽-

타닷-

섀도우 나이트는 구름으로 변해서 날아갔고, 크마시온은 마법을 사용해서 빠르게 달려갔다.

"하아."

이민준은 그제야 깊은숨을 내뱉었다. 온몸에서 짜릿짜릿한 기분이 들었다.

"최대한 고통을 줄이기 위한 스킬을 사용하고 있지만, 저로서는 역부족이에요."

앨리스의 표정이 어두웠다.

"괘, 괜찮아요. 으윽!"

앨리스는 전투 기술과 지원 기술에 특화된 성기사일 뿐 힐러가 아니다. 그랬기에 그녀가 가진 스킬에 크게 기대를 걸고 있지는 않았다.

그리고 그걸 누구보다 잘 아는 사람이 바로 앨리스였다.

그럼에도 앨리스는 눈물까지 흘리며 말했다.

"흐흐흑! 한니발 님 몸에 난 상처가 아물지 않아요. 생명력도 올라가지 않고요. 치명상인가 봐요. 뭘 어떻게 해야 할지 모르겠어요. 흐흐흑!"

"쿠욱! 울지 마요. 크윽! 그래도 앨리스가 저를 살렸잖아요."

이민준의 말에 앨리스가 눈물 젖은 눈을 동그랗게 뜨며 말했다.

"네? 제가 살리다니요?"

"제 생명력, 후우! 제 생명력이 줄지 않는 게 앨리스 님의 스킬 때문이 아닌가요?"

"아니요. 아니에요. 제가 사용한 스킬은 전혀 통하지가 않았어요. 통한 건 단 하나. 고통을 줄이는 스킬만이 통했고, 나머지는 다 실패한걸요."

이건 또 무슨 소린가? 생명력이 1에서 멈춘 게 앨리스 덕분이 아니라고?

　그러면 대체?

　막 그런 생각이 들려 할 때였다.

"허억!"

　누군가 숨통을 조이는 것처럼 숨이 턱하고 막혔다.

"커헉!"

"하, 한니발 님!"

　아무리 숨을 들이쉬려 해도 기도가 막힌 것처럼 숨이 쉬어지지 않더니 몸이 미친 듯이 떨리기 시작했다.

'무, 무슨!'

　정신이 아득해지기 시작했다.

"꺄악! 한니발 님! 정신 차려 보세요! 한니발 님!"

　옆에서 미친 듯이 소리치는 앨리스의 목소리도 점점 작아지고 있었다.

　이렇게, 이렇게 죽는 건가?

　후으윽-

　순간 시커먼 어둠이 이민준을 집어삼켰다.

　(이걸 어떻게 버텨 낼 거라고 믿는 거야? 제정신이야?)

　(아니! 믿고, 안 믿고의 문제가 아니지. 이렇게 죽을 거야? 처음부터 이놈 몸 차지하자고 부추긴 게 너 아니야?)

(무슨 말도 안 되는 소리야! 이 몸은 내가 가지려고 한 건데 너희가 달려든 거잖아!)

(어쭈? 너 혼자 도망가면 힘의 균형은 어쩔 건데? 그렇게 무너지면 너만 살고 우린 다 죽는다고! 망할 놈아!)

(그래그래. 나도 동감이다.)

(이 미친 것들이? 지금 그게 중요해? 어? 이놈 죽으면 우리도 다 끝이야. 그걸 생각해야지.)

(그래. 그건 나도 동감이다.)

(어찌어찌 죽는 건 막았다고 치자. 이젠 어떻게 할 거야? 멸망이란 프로그램 그거 우리보다 더 미친놈 같은데. 설마 이놈한테 힘을 주자는 거야?)

(그건 안 돼. 이놈이 완전하게 힘을 차지하면 우릴 소멸시키려 들 거야.)

(아하! 이거 죽이지도 못하고, 살리지도 못하네.)

이민준은 어둠 속에서 들리는 여러 가지 목소리에 정신을 차렸다.

여전히 어둠 속이었다. 그리고 주변으로는 아무것도 느껴지는 게 없었다.

하지만 그럼에도 여러 가지의 목소리들은 바로 귀 옆에서 속삭이듯 떠들어 대고 있었다.

'설마?'

이민준은 그제야 자신을 두고 떠들어 대는 존재들에 대해서 알아챘다.

마샬린 산의 미친 일곱 왕.

'그래! 맞아!'

그들은 마샬린 산에서 흐르던 엄청난 기운들이었다. 그리고 그들을 고대의 미친 왕이라고 부른다고도 했다.

그런데 이들이 어떻게 나와서 떠들고 있는 거지?

이민준은 잠시 지나간 일들을 생각했다.

미친 일곱 왕의 기운은 이민준의 힘에 눌려서 몸 여러 군데에 숨어 지내던 자들이다.

주신의 힘이 강력했기에 그들은 숨조차 마음대로 쉬지 못하고 있었다.

그런데 이제는 마치 이 몸의 주인 행세라도 하는 것처럼 떠들어 대고 있다고?

그러고 보니 멸망 프로그램에게 공격받으면서 몸의 모든 기능이 해제되었었다.

'그것 때문이었구나!'

몸이 약해지고 방어 능력이 사라지자 몸 여기저기에 숨어 있던 미친 일곱 왕이 스멀스멀 기어 나온 거리라.

그리고 한 가지 더!

'그 덕에 살았어!'

이민준은 자신의 생명력이 왜 1에서 멈추었는지를 이제야 이해할 것 같았다.

몸에 기생하는 기생충은 될 수 있는 한 숙주를 죽이지 않는 법.

몸 안에 숨어 있던 미친 일곱 왕의 기운들도 그들이 살기 위해서 이민준의 목숨을 유지시킬 수밖에 없었던 거였다.

이민준은 귀를 기울였다.

그들이 말하는 바는 간단했다.

자신을 죽이면 그들도 죽는다.

그렇다고 자신을 살리기 위해 힘을 빌려주면 막강해진 이민준이 미친 일곱 왕을 죽일 수도 있다는 거다.

고민할 만했다.

지금 이 위기를 벗어나자고 수를 썼다가는 간신히 목숨을 붙이고 있는 일곱 왕의 기운이 죽게 될 테니까.

저들의 뜻을 이해한 이민준은 어딘가에 있을 그들에게 소리쳤다.

"고대의 왕들이여! 내 말을 들으소서!"

(뭐야? 이놈 깨어난 거야?)

(그렇게 떠들어 댔으니 안 깨어나는 게 이상하지.)

(그래. 그건 나도 동의해.)

(뭐냐? 뭔데 그래?)

목소리는 각각 달랐다. 그랬기에 누가 누군지를 알 수 없었다.

하지만 지금은 그런 게 중요한 게 아니었다. 시간을 오래

끌었다간 멸망이 일행을 모두 죽이게 생겼다.

"왕들이여! 이대로 두었다가는 멸망이 이 세계를 모두 없앨 겁니다. 그것만은 막아야 하지 않습니까?"

일곱 왕이 수군거렸다.

대부분 이민준이 말한 바를 인정하고 있었다. 하지만 그럼에도 이들은 절대로 뜻을 일치시키지 않았다.

(흥! 알게 뭐야! 우리가 너를 도왔다가는 멸망이란 놈이 이 세상을 없애는 것보다 더 빨리 우리가 없어질 거야.)

(맞아. 맞아. 동감하는 바다.)

"아닙니다. 그렇지 않습니다. 저는 절대로 그대들을 없애지 않습니다."

(모르는 소리! 우리가 너에게 힘을 주고 나면 우린 너에게 거치적거리는 존재가 된다. 즉, 방해물이 된다는 소리지. 그런 우리를 네가 가만히 내버려 둔다고? 어림도 없지!)

이민준은 최대한 일곱 왕의 기운을 설득하려 노력했다.

그럼에도 이들은 미동조차 하지 않았다.

인간에 대한 지독한 불신!

언제고 등을 돌리면 달라지는 인간의 본성에 대해 너무나도 잘 아는 이들이기 때문이었다.

이민준은 마음이 조급했다.

쿠궁- 콰광-

일곱 왕의 기운 덕분에 조금씩 정신이 들고 있었다.

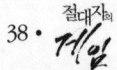

그럼에도 여전히 생명력은 1.

몸은 힘이 없었기에 멸망에게 입은 상처를 전혀 치료하지 못하고 있었다.

일곱 왕의 힘을 얻지 못한다면 결국 이대로 모두가 불행해지는 거다.

쩌득-

비록 의식 안에 있었지만 이민준은 주먹을 굳게 쥐면서 정면을 바라보았다. 이들에게 할 말이 있었기 때문이다.

제2장

그들의 힘

콰우웅- 콰광-

바깥 상황과 의식 속 상황이 모두 느껴졌다.

일곱 왕의 기운과 동화되면서 주변을 인지할 수 있게 된 거다.

이민준은 가까이에 있는 앨리스를 확인했다.

"흐으으."

이민준을 바라보며 울고 있는 앨리스의 모습이 슬로비디오처럼 보였다.

'느려졌다고?'

이민준은 그제야 알 수 있었다.

바깥 상황이 천천히 흐르고 있다는 사실을!

현재는 의식 안에 갇혀 있는 거니까.

그나마 다행이었다.

하지만 그렇다고 마음을 놓을 수는 없었다.

더군다나,

크아아아아-

쿠구콰광-

콰르르르르-

((흐으어어어어!))

아서베닝과 섀도우 나이트의 생명력이 상당히 줄어든 것이 선명하게 보이기도 했다.

이대로 시간을 낭비한다면 멸망에게 모두 죽고 말 것이다.

마음이 다급했다.

'어쩔 수 없지!'

이젠 정말 최후의 방법을 쓰는 수밖에 없었다.

이민준은 소리쳤다.

"고대의 일곱 왕이시여! 이대로 내가 죽는다면 그대들도 죽는 것 아닙니까?"

(뭐?)

(무슨?)

(왜 그런 말을?)

이민준의 외침에 일곱 왕이 당황해하며 한마디씩을 던

졌다.

"당신들은 나를 도와야 합니다. 그렇지 않는다면 어차피 모두 소멸입니다."

(아무리 그래도 그렇지. 우리가 어떻게 인간에게 힘을 빌려줘?)

(그래! 맞아! 몸 주인이 우리 힘을 얻고 나면 우린 죽은 목숨이나 마찬가지다.)

(그러지 말고 차라리 몸을 우리에게 내놔라!)

역시나 이기적인 마음을 가진 일곱 왕답게 바로 탐욕스러운 누런 이를 드러냈다.

만만하게 타협이 될 존재들은 아니다.

하지만 어쩌겠는가?

이들의 힘을 얻지 못한다면 이민준 자신도 죽을 것이고, 이곳 세상도 멸망에 이르게 될 것이다.

결단이 필요했다.

굳게 마음먹은 이민준은 소리쳤다.

"그대들을 소멸시키지 않겠다고 서약하겠습니다. 일곱 왕과의 서약이니 어길 수 있는 것도 아니지 않습니까?"

게임 안에서의 서약.

이건 현실과 달리 강제성을 가지고 있었다.

(서약, 서약이라. 어떤 서약을 이야기하느냐?)

일곱 왕 중 하나가 물었다.

"그대들을 소멸시키지 않겠다는 서약 말입니다."
(흥! 우리 힘을 가져가는 것치곤 너무 약하지 않느냐?)
"그렇다면 그대들이 원하는 게 있단 말입니까?"
(당연히 있지!)
(네 몸! 튼튼한 너의 몸을 나에게 넘겨라!)
(아니! 나한테 넘겨야지!)
(무슨 소리를! 나야! 나!)
일곱 왕이 아우성을 쳤다.
그래.
처음부터 이민준의 몸을 노리고 들어왔던 존재들이다.
하지만 그것뿐이었을까?
다른 대안은 없는 건가?
이민준은 마음속이 바짝 타오름을 느꼈다.
이렇게 시간을 끌어선 안 된다.
콰우우우웅-
크아아아아-
"아으으윽!"
((흐으어어어어!))
바깥에서 끔찍한 비명이 들려왔다.
아서베닝과 섀도우 나이트, 그리고 크마시온마저 고통을 받고 있는 게 분명했다.
조급한 마음이 들었다.

이민준은 강력한 수를 쓸 수밖에 없었다.

"그대들 중 하나에게 내 몸을 주면 나머지가 소멸하는 것 아닙니까?"

(아!)

(그건?)

(흐흠, 그건 정말 심각한 문제지.)

이민준의 말에 일곱 왕이 당황해했다.

이 부분에 대해선 처음부터 들어서 알고 있었으니까.

이민준은 빠르게 계산을 마쳤다. 지금은 망설일 시간이 조금도 없었다.

"차라리 계약 사항에 제가 여러분이 머물 만한 몸을 찾아 드리는 항목을 넣는 건 어떻겠습니까?"

(네가 우리 몸을 찾아 준다고?)

(튼튼한 몸! 건강한 몸!)

(우리가 지닐 수 있는 몸이라면 보통의 인간으론 어림도 없다. 엄청나게 강해야지!)

"그렇다면 그런 몸을 찾아 드리면 되지 않습니까? 이대로 사라지는 것보다 그게 더 좋은 방법 아니겠습니까?"

일곱 왕이 다시 수군거렸다.

그러고는,

(그래! 어쩌면 그게 가장 현명한지도 모르지!)

(역시. 할루스가 선택한 전사답게 영리한 구석이 있구나!)

이민준의 대안에 일곱 왕이 들뜬 목소리로 떠들어 댔다.

그렇다면 된 거다.

이들을 소멸시키지 않고 차후 이들이 지낼 수 있는 몸을 찾아 준다.

물론 생명과 관련된 일이기에 복잡한 부분이 많긴 할 거다.

하지만 지금은 그런 걸 일일이 따질 때가 아니었다. 세상이 망한다면 다 소용이 없어지는 거니까.

"시간이 없습니다! 어떻게 하시겠습니까?"

이민준의 물음에 수군대기만 하던 일곱 왕이 크게 소리쳤다.

(좋다! 그게 가장 좋은 방법 같다!)

(그럼 계약에 대해선 내가 직접 나서지!)

(계약의 왕 알칸토라면 믿을 만하지.)

(맞아. 맞아. 나도 동의한다.)

이들의 목소리에 활기가 살아났다.

(그래! 좋아! 어쩔 수 없지! 대신 너는 계약에 따라 이른 시일 내에 우리의 몸을 찾아 주어야 한다. 알겠느냐?)

알칸토가 나서서 협상을 마무리하려 했다.

생명력은 오직 1이 남아 있었다.

죽음이 코앞에 있는 상황이다.

거기에,

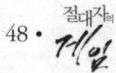

쿠콰콰광-

《치이료가아! 치이료가아 되에지를 아않아아!》

((흐으어어어! 소오며얼 되에에엔다아!))

바깥은 심각한 상황에 다다라 있기도 했다.

'망할! 어쩔 수 없다!'

지금 당장은 이걸 받아들이지 않을 수가 없었다.

"그렇게 하겠습니다! 그렇게 할 테니! 어서!"

(좋다! 확인해라!)

알칸토의 말과 함께 머릿속으로 계약 상황이 빠르게 인지되었다.

서로 주고받은 것처럼 계약서가 잘 작성되었다.

괜히 계약의 왕이 아닌 거 같았다.

뭘 망설일까?

"동의합니다!"

후으윽-

(이로써! 신성한 계약이 완성되었다! 너는 우리를 죽일 수 없고, 우리는 너에게 계약의 이행을 강요할 수 있게 되었다!)

(우리는 고대의 일곱 왕. 우리가 차지하게 될 몸을 위하여 너의 영혼에게 거대한 힘을 빌려주는 바이다!)

(네놈 그릇이 아직 우리를 흡수할 정도는 안 된다! 대신 차근차근 우리의 힘을 쓰게 해 주지. 아마 깜짝 놀랄 것이

다. 그리고 살아 있는 동안 마음껏 즐겨라!)

마지막은 우스칼의 목소리였다.

그의 목소리가 메아리처럼 울리고 난 후였다.

츠아아앗-

마치 목욕을 막 끝낸 것처럼 온몸에서 시원한 기분이 들었다.

머리부터 발끝까지 개운한 기분!

우으으으악!

엄청나게 밝은 빛이 몸 밖으로 터져 나왔다.

"우왓!"

화들짝 놀란 앨리스가 두 손으로 눈을 가리며 뒤로 넘어졌다. 그럴 만큼 몸에서 뿜어져 나온 에너지가 대단했기 때문이다.

후우우욱-

그뿐만이 아니었다.

이민준은 마치 온몸의 뼈가 재배열되는 것 같은 기분을 느꼈다.

고통스럽던 몸에서는 기운이 나기 시작했고, 아프던 상처는 거짓말처럼 아물었다.

'대단해!'

멸망 녀석이 공을 들여 뚫은 몸이 말끔하게 치료된 거였다.

그때였다.

띠링-

[카라 : 굉장한 힘이 몸속에서 솟구치기 시작합니다.]

[생명력이 자동으로 복구됩니다.]

[제한에 걸렸던 면역력이 회복됩니다.]

[모든 상처가 말끔하게 치료되었습니다.]

[몸이 정상으로 돌아왔습니다.]

땡-

[상처 : 제한받았던 주신의 힘이 정상으로 돌아왔습니다.]

[비상 체제가 완료되었습니다. 언제고 영혼 탄환 사용이 가능합니다.]

일곱 왕의 힘이 적용되고 나자 망가졌던 몸이 거짓말처럼 복구되었다.

서석-

이민준은 서둘러서 자리에서 일어났다.

"하, 한니발 님?"

앨리스가 놀란 눈으로 쳐다봤지만, 그녀를 신경 쓸 시간이 없었다.

"미안해요, 앨리스. 지금은 쟤들을 살리는 게 우선이에요!"

꽈득-

이민준은 오른손에 쥐고 있던 블랙 스노우를 확인했다.

왼팔에도 여전히 블랙 스톰이 장착되어 있었다.

그렇다면?

"비행!"

이민준은 비행 스킬을 사용했다.

다행히도 재사용 시간이 제한되어 있지 않았다. 멸망 프로그램에 의해 스킬이 취소된 덕분이었다.

슈숙-

스킬을 사용하자 몸이 하늘로 떠올랐다.

'기다려라! 이 자식아!'

이민준은 공중에 뜬 채로 멀리 보이는 멸망을 향해 날았다.

슈우우우욱-

모든 장면이 빠르게 다가왔다.

절대자의 자격만을 사용할 때와는 다르게 몸속에서 막강한 힘이 느껴졌다.

에너지가 넘치다 못해 폭발하려는 기분이었다.

그 때문이었는지 불안한 기분도 들었다.

(조심해서 사용해야 한다! 아직 너는 우리의 힘에 적응하지 못했다!)

우스칼의 걱정스러운 목소리가 머릿속에서 울렸다.

적어도 우스칼과 알칸토의 목소리 정도는 알아들을 수

있으니까.

그래.

그런 주의 사항 어느 제품에나 다 쓰여 있다.

하지만 지금은 작은 거 하나하나를 신경 써 가며 힘을 익힐 상황이 아니다.

후으윽-

이민준은 순식간에 멸망에게 닿았다.

(무슨!)

예상치 못한 이민준의 등장에 멸망이 빠르게 고개를 돌렸다.

조금 전이었다면 이민준의 접근을 알아챘겠지만, 지금은 아니다. 힘의 차이가 생긴 거다.

이민준은 놈을 노려보았다.

멸망의 손에는 생명력이 간당간당한 아서베닝의 목이 잡혀 있었다.

《혀, 혀엉.》

아서베닝이 처연한 눈으로 이민준을 쳐다봤다.

그뿐만이 아니었다.

((흐어어!))

녀석의 반대편 손엔 섀도우 나이트마저 잡혀 있었다.

멸망이 둘의 목숨줄을 끊으려는 찰나였다.

"이 새끼가 감히! 누구를!"

꾸득-

이민준은 두 번 생각할 것 없이 블랙 스톰으로 멸망의 얼굴을 후려쳤다.

빠각-

절대자의 자격과 일곱 왕의 기운이 자연스럽게 담긴 일격이었다.

그와 동시에 멸망의 고개가 한쪽으로 홱 하고 꺾이며, 손에 쥐고 있던 아서베닝과 섀도우 나이트를 놓쳤다.

빠각-

이민준은 연속해서 블랙 스톰을 날카롭게 세워 멸망의 명치를 강하게 후렸다.

그러자,

쉬익-

강한 타격을 받은 멸망 녀석이 반대로 날아갔다.

슈욱-

이민준은 떨어지려는 섀도우 나이트를 붙든 채로 흔들리고 있는 아서베닝에게 다가갔다.

"베닝! 날 수 있어?"

《네, 네에. 아직은. 크윽! 그런데 형은 괜찮아요?》

이민준은 순간 울컥하는 기분을 느꼈다.

지금 네 모습이 더 엉망이다!

그런데 이 상황에서 자신을 걱정하다니?

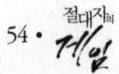

"베닝! 섀나를 데리고 앨리스 있는 데로 가 있어. 크마시온! 네가 가진 모든 마법을 쏟아부어서라도 이 두 녀석을 치료해!"

"분부대로 하겠습니다!"

저 아래에 서 있는 크마시온의 목소리가 작게 들렸다.

《혀, 형?》

((주, 주인니임.))

아서베닝과 섀도우 나이트가 힘없는 목소리로 이민준을 불렀다.

"걱정할 거 없어. 지금의 나는 조금 전의 나와 완전히 다르니까!"

이민준은 아서베닝에게 섀도우 나이트를 넘겼다.

그러곤,

"저 자식이 너희에게 주었던 고통! 내 그 열 배! 아니, 백 배로 갚아 주마!"

이민준의 결의에 찬 눈빛에 아서베닝이 고개를 끄덕였다.

멸망에게 얻어터지며 분노가 가득 차 있었으리라.

((흐어어! 주인님!))

그리고 그건 표정 없는 섀도우 나이트 또한 마찬가지인 것 같았다.

"그래! 내가 복수해 주마!"

꽈득-

이민준은 검을 고쳐 잡았다.

그러곤,

슈아아악-

빠르게 멸망 녀석을 향해 날았다.

(대체 무슨 짓을!)

멸망 녀석이 간신히 균형을 잡으려고 할 때였다.

츄아악-

이민준은 절대자의 자격과 일곱 왕의 힘이 실린 블랙 스노우를 그었다.

촤좌좍-

(어딜!)

사삭-

멸망이 자신의 팔을 변형시키며 거대한 방패를 만들어 내었다.

하지만,

콰지지직- 콰광-

넘실거리는 블랙 스노우의 검기가 어찌나 강했던지 멸망의 팔을 끊어 내기라도 하겠다는 듯 폭발했다.

슈슉-

이민준은 불기운을 뚫은 채로 멸망에게 다가갔다.

놈이 방어 자세를 취하기도 전이었다.

(어떻게 이럴 수가?)

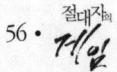

"이제야 실감이 나지? 네놈의 죽음 말이다!"

콰직-

이민준은 왼팔을 뻗어 멸망의 목을 움켜잡았다. 블랙 스톰이 팔뚝에 걸려 있어 가능한 움직임이다.

(연산 실패! 연산 실패! 가능할 수 없는 행동이다!)

멸망이 몸부림을 쳤다.

이 상황을 빠져나가고 싶었던 거리라.

'연산 실패 좋아하시네!'

쫘득-

이민준은 검을 쥔 오른손으로,

콰직- 콰직- 콰직-

멸망의 얼굴을 연속해서 강타했다.

(이상 발견! 지직! 연산되지 않는, 지직! 행동. 지직!)

녀석은 고통에 찬 신음 대신 지직거리는 소리만 낼 뿐이었다.

콰득- 콰득-

그럼에도 이민준은 녀석을 두들기는 걸 멈추지 않았다.

(으드드! 다다다.)

프로그램이 오류가 났는지 헛소리를 하기 시작했다.

'대체 죽기는 하는 건가?'

문제라면 녀석의 조금씩 줄어드는 생명력이었다.

자체적으로 발전하는 프로그램답게 엄청난 생명력을 가

그들의 힘 • 57

지고 있는 게 분명했다.

'무슨 방법이 없을까?'

그러다 문득 인벤토리가 생각났다.

'왕들이시여! 혹시 그대들의 능력 중 무적이 되는 스킬이 있습니까?'

(있다! 하지만 이건 대단히 많은 에너지가 필요한 스킬. 한 번 사용하면 당분간은 우리의 힘을 사용하지 못한다.)

이놈을 죽이는데 그 정도쯤이야!

'좋습니다!'

(알았다.)

이민준의 수락과 함께 눈앞에 무적 스킬이 떠올랐다.

지속 시간은 오직 1분.

그 정도라면 충분하다.

바스스슥-

이민준은 엉망이 된 멸망을 공중에 띄웠다.

그러곤,

스슥-

방패와 검을 인벤토리에 넣었다.

그것들을 인벤토리에 넣은 대신,

사삭-

양손에 시커먼 돌을 쥐었다.

빠지지직-

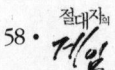

어느새 각각 100만에 가까운 에너지가 모인 멸망의 징조들이다.

흠칫-

거대한 에너지를 느낀 멸망이 몸을 떨며 말했다.

(하, 한니발. 지직! 나, 나와 타협하자. 지직! 너는, 너는 지금 실수를 하고 있, 지직, 다.)

어쭈? 프로그램 주제에 목숨을 구걸해?

나를 죽이려 들고, 내 소중한 동료들을 죽이려 했으며, 이 세상을 없애려 했던 놈이?

이민준은 양손을 들어 올리며 말했다.

"실수는 이미 네가 한 거다. 이만 이 세상에서 꺼져 버려라! 이 바이러스야! 무적 스킬!"

슈슉-

스킬을 사용한 이민준은 멸망을 향해 날아갔다.

콰직- 콰지직-

양손에서 엄청난 에너지가 느껴졌다.

(이건, 지직! 안 된다. 지지직! 이인간, 지익! 시실수다다.)

자신의 운명을 예측했던지 멸망이 공중에 뜬 채로 몸을 움찔거렸다.

프로그램 주제에 목숨을 구걸하다니!

"추잡하다!"

콰득-

이민준은 멸망의 몸 양쪽으로 에너지를 잔뜩 모은 멸망의 징조를 쑤셔 박았다.

(아안 돼. 지지직! 너너의 시실수. 지직! 그만두두어라.)

뭐라고 지껄이는 거야?

터덕-

이민준은 손을 뻗어 멸망의 몸을 잡았다.

(타타협, 지지직! 하자자. 하한니발, 지직! 모모두, 지지직! 너를 위한, 지익! 거다.)

지금 이게 나를 위하는 거라고?

CUP 발열에 계란찜 해 먹는 소리 하고 있네.

쓸데없는 말을 하는 놈에겐 무대응이 답이다.

"잘 가라! 망할 자식아!"

휘익-

이민준은 투척 스킬을 사용해서 멸망을 사막 저편으로 날렸다.

'상처! 모든 영혼 탄환을 하나로 뭉친다.'

띵-

[상처 : 명령 접수. 에너지를 재구성합니다. 셋, 둘, 하나. 고폭 영혼 탄환 한 발 준비 완료.]

'좋아!'

이민준은 날아가는 멸망을 향해 오른손을 뻗었다.

쏘기만 하면 저놈은 터져 버릴 거다.

하지만 그 전에 준비해야 할 게 하나 더 있었다.

-크마시온! 큰 폭발이 있을 거다. 앨리스와 함께 사용할 수 있는 최대한의 방어막을 만들어 내도록!

-분부대로 하겠습니다.

크마시온과의 텔레파시도 마무리했다.

이젠 망설일 이유가 없었다.

"발사!"

쿠아앙-

명령과 함께 굵직한 고폭 영혼 탄환이 레이저처럼 발사되었다.

정확하게 멸망을 겨냥한 거다.

퐈득-

저만치 날아간 멸망의 몸에 고폭 영혼 탄환이 적중했다.

그러곤,

콰직- 쿠아아아아앙-

엄청난 폭발이 일었다.

화그르르릉-

이전에 보았던 그 어떤 폭발과도 비교할 수 없을 만큼 막강한 폭발이었다.

마치 핵폭발이라도 일어난 것처럼 시커먼 버섯구름이 하늘 위로 솟았다.

차작-

그들의 힘 • 61

이민준은 서둘러 블랙 스톰 방패를 꺼내어 방어 자세를 취했다.

후그르륵-

물론 일곱 왕의 기운을 이용해서 무적 스킬을 사용 중이었지만, 혹시 모를 위험에 대비해야 했다.

콰우우웅-

불기운을 잔뜩 품은 먹구름이 굉장히 빠른 속도로 다가왔다.

화그르륵-

순식간에 먹구름이 주변을 뒤덮었다.

꽈스스스-

빠직- 빠직-

에너지끼리의 충돌 때문이었는지 먹구름 안은 엄청난 열기와 번개로 가득 차 있었다.

"후우!"

무적 스킬을 사용하고 있었음에도 강력한 열기를 느낄 정도였다.

콰스스스-

'녀석들에겐 영향이 없겠지?'

이민준은 짧은 시간 안에 폭발 반경을 예상했었다.

만에 하나 멸망을 죽이는 과정에서 일행이 피해를 보면 안 되니까.

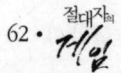

멸망을 집어 던져 터트린 이유였다.

물론 이 열기가 일행이 있는 곳까지 닿는다고 해도, 꽤 거리가 있었기에 크마시온과 앨리스의 방어막이면 충분히 이겨 낼 수 있을 거다.

-크마시온? 내 말 들려?

-드, 들립, 니니다.

폭발의 영향 때문이었는지 텔레파시가 간섭을 받았다.

-안전한 거지?

-네네. 여어기기도 시커, 한데 바방어막이, 괜찮습니다. 심혈을 기울여 계산한 거니까.

다행히 일행에겐 별 영향이 없었던 듯싶었다.

후그르륵-

외곽까지 팽창했던 열기가 빠르게 식어 갔다.

띠링-

[카라 : 무적 스킬 시간이 끝났습니다.]

때에 맞춰 짧은 무적 스킬도 그 기능을 다했다.

'후우! 아슬아슬했어.'

후루룩-

검은 기운이 걷히자 밝은 햇살이 쏟아졌다.

차우우욱-

마치 썰물이 밀려 나가듯 빠르게 폭발 지점까지 줄어든 검은 기운이 성냥에서 뿜어진 연기처럼 사라져 버렸다.

'허무하구나, 멸망아.'

엄청난 에너지도 소멸하고 나면 한 줌도 되지 않는 연기가 되어 공기 중으로 사라지는 거다.

이민준은 몸을 점검했다.

조금 전까지 가지고 있던 일곱 왕의 기운은 느껴지지가 않았다.

우스칼이 말한 것처럼 무적 스킬의 에너지 소모가 워낙 컸기에 그럴 거다.

'당분간은 못 쓰는 건가?'

돌아오는 대답은 없었다. 아마도 에너지가 소모되면서 일곱 왕도 고요해진 거 같았다.

그렇다는 건 다시 에너지가 모일 때까진 일곱 왕과 이야기를 할 수 없다는 뜻이리라.

'조용하니 잘됐지, 뭐.'

그때였다.

띵-

[상처 : 어려운 고난을 이겨 내고 멸망을 중지시켰습니다. 절대자의 자격 8단계가 개방됩니다.]

화으윽-

몸속에서 넘치는 활력이 느껴졌다.

이전과는 달리 몸속 깊숙한 곳에서부터 강한 힘이 치솟아 올라왔다.

절대자의 자격 단계가 올라간 덕분이었다.

빠득-

이민준은 주먹을 쥐어 보았다.

이 정도 힘이라면 당분간 일곱 왕의 기운이 없어도 문제는 없을 거다.

더군다나 멸망조차 이겨 내지 않았던가?

'흐흐.'

기분이 좋았다.

그런데 여기서 끝이 아니었다.

띠링-

[카라 : 축하합니다. 레벨이 올랐습니다.]

[카라 : 축하합니다. 레벨이 올랐습니다.]

[카라 : 축하합니다. 레벨이 올랐습니다.]

…….

"오호!"

무려 7레벨을 단숨에 올렸다.

엄청난 에너지를 가진 멸망이었기에 그만큼 경험치도 굉장했던 것 같았다.

이민준은 레벨을 확인했다.

이로써 196레벨이 되었다.

지존 레벨이 눈앞인 거다!

심장이 마구 두근거렸다.

그때였다.

띵-

[상처 : 레어 퀘스트인 '멸망의 징조를 파헤쳐라.' 퀘스트를 완료하였습니다.]

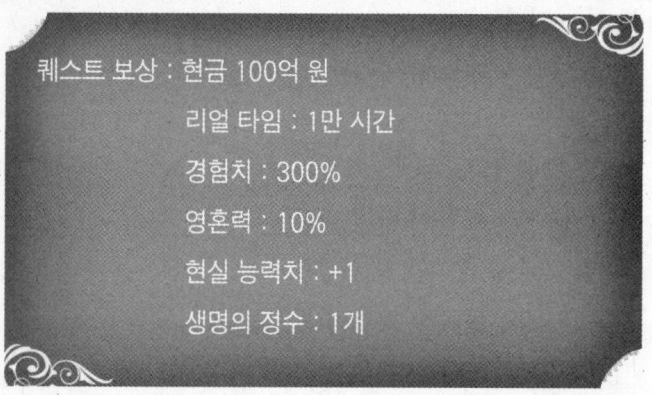

퀘스트 보상 : 현금 100억 원
    리얼 타임 : 1만 시간
    경험치 : 300%
    영혼력 : 10%
    현실 능력치 : +1
    생명의 정수 : 1개

멸망에 의해서 차단되어 있던 레어 퀘스트가 해결되었다.

'오오!'

이민준은 엄청난 보상에 그만 입을 떡하고 벌렸다.

이건 정말 대단한 거다.

또한,

후으윽-

몸에서 빛이 일어나며,

띠링-

[카라 : 축하합니다. 레벨이 올랐습니다.]

…….

3개의 레벨을 더 올렸다.

보상에 있는 경험치 300퍼센트의 효과였다.

'이건!'

이민준은 저도 모르게 눈이 동그래졌다.

199레벨.

무려 199레벨이다!

그렇다는 건 1레벨만 더 올리면 지존 레벨인 200이 된다는 거다.

그리고 그건 정말 대단한 일이었다.

"후우!"

크게 숨을 내뱉은 이민준은 다른 보상들도 확인했다.

현금 100억 원을 얻은 것도 기쁘고, 영혼력 10퍼센트를 얻어서 총 영혼력이 26퍼센트가 된 것도 기뻤다.

영혼력과 절대자의 자격을 올리는 건 이 게임을 벗어날 수 있는 조건이니 말이다.

하지만 역시 이곳은 게임 세상.

뭐라 해도 레벨 업이 가장 행복한 것 아니겠는가?

설레는 기분은 언제 느껴도 나쁘지 않았다.

아무리 그렇다고 해도 공중에 둥둥 떠서 기분만 만끽하고 있을 수는 없는 거니까.

이민준은 서둘러 정신을 차렸다.

'참!'

그러고 보니 이번 보상에는 생명의 정수가 포함되어 있었다.

이민준은 인벤토리를 열었다.

'이건가?'

생명의 정수는 작은 유리병에 담겨 있었다.

병을 꺼내 보았다. 집게손가락만 한 크기의 병이었다.

안에 담긴 생명의 정수는 납을 녹인 것처럼 은색을 띤 액체였다.

드디어 생명의 정수를 얻었다.

절대자의 자격을 2단계 올리고, 영혼력을 채우면 절대자의 게임으로부터 완벽하게 해방될 수 있는 거다.

이민준은 생명의 정수를 다시 인벤토리에 넣었다.

게임을 벗어날 수 있다고 생각하니 묘한 기분이 들었다.

고개를 흔들었다.

지금 당장은 아니니까.

일단은 주어진 일에 열중할 필요가 있었다.

슈슉-

이민준은 일행을 향해 날아가면서 크마시온에게 텔레파시를 보냈다.

-아서베닝은 좀 어때?

새도우 나이트와 크마시온은 자신의 소환수였기에 멀리 떨어져 있어도 그들의 상태를 알 수 있었다.

그랬기에 새도우 나이트의 몸이 점점 좋아지고 있다는

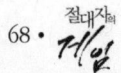

건 알고 있었다.

-아! 주인님! 베닝 님의 상처가 생각보다 깊습니다. 멸망에게 당하면서 마나 심장을 심하게 다친 것 같습니다.

-그래?

이민준은 자못 놀랐다.

치료하면 괜찮아지겠거니 했는데, 생각보다 녀석의 부상이 깊은 모양이었다.

-그럼 어떻게 해? 치료할 방법이 없는 거야?

-너무 걱정하지 마세요. 베닝 님은 드래곤입니다. 자연 치유력을 가지고 있는 만큼 알아서 좋아질 겁니다.

이 자식이?

이민준은 자신의 가슴을 쓸어내렸다.

처음부터 그렇게 말할 것이지, 심하게 다쳤다고 말해서 놀라지 않았는가?

-대신 당분간은 마법 사용이 어려울 겁니다.

마나 심장을 다쳤다니 그럴 수밖에.

궁금한 것도 있었다.

-그럼 폴리모프는?

-그건 저번처럼 제가 도왔습니다. 이젠 제 마나를 받아들이시는 게 자연스러우시더라고요. 으흐흐!

그건 정말 다행이었다.

만약 폴리모프가 안 된다면 거대한 덩치를 가진 아서베닝을 어떻게 이동시킬 수 있겠는가?

쉬쉬쉭-

차작-

이민준은 빠르게 날아 일행이 있는 곳에 착지했다.

"주인님!"

((흐어어.))

"으으! 형."

크마시온과 섀도우 나이트, 그리고 힘겹게 앉아 있는 아서베닝이 이민준을 반겼다.

그리고,

와락-

"어?"

앨리스가 달려들어 이민준을 안았다.

"아……."

살짝 난감한 기분이 들었다.

이런 건 전혀 예상하지 못했는데 말이다.

"흐흐흑! 정말 아까 전엔 한니발 님이… 흐윽! 죽는다고 생각했어요. 흑흑!"

이민준을 두 손으로 안은 앨리스의 어깨가 떨렸다.

"괜찮아요. 이렇게 살았잖아요."

물론 한 번 죽는다고 해서 완전히 죽는 건 아니었다.

이민준의 경우는 오직 현실과 선이 끊어지는 것일 뿐, 엄연히 말하면 한 번의 부활이 더 남아 있었다.
 하지만 그렇다고 그런 이야기를 꺼내서 앨리스를 더욱 우울하게 만들어 줄 필요는 없을 것 같았다.
"흐흑! 정말, 정말 다행이에요. 훌쩍!"
 이민준의 다독임에 눈물을 그친 앨리스가 조심스럽게 그의 품에서 벗어났다.
"아아."
 달그락- 달그락-
 ((흐어어.))
"흠흠."
 느닷없는 상황에 일행들이 당황스러워했다.
 그리고 그건 앨리스도 마찬가지였는지 그녀의 얼굴이 홍당무처럼 빨갛게 변해 있었다.
"어험! 그럼 움직여 볼까요? 여기에 계속 있을 수는 없으니까요."
"그, 그래요."
"섀나, 너는 좀 어때?"
 ((저는 많이 회복되었습니다.))
 역시 회복력 하나만은 끝내주는 녀석인 것 같았다.
"좋아. 그럼 이동한다!"
 이민준은 일행들과 함께 움직였다.

"애, 앨리스 집정관님? 여기에는 어쩐 일로?"

"으윽! 머리야. 대체 무슨 일이 있었던 거지?"

"음? 뭐야? 내가 언제 여기 올라왔지?"

우다비 성으로 접근하자 망루에 있던 병사들이 각기 다른 반응을 보였다.

"성기사 세이욘! 성문을 열어요!"

"네? 그게 무슨? 저희는 여기를 지키라는 명령을 받았었습니다."

"보세요. 폐하께서 주신 조사관 명패입니다."

"이, 이런! 알겠습니다, 집정관님."

앨리스의 명령에 세이욘이 발 빠르게 움직였다.

투쿵-

득득득득-

거대한 도개교가 큰 소리를 내며 내려왔다.

후으윽-

이민준은 절대자의 자격을 끌어 올렸다. 혹시나 모를 적의 공격에 대비하기 위해서였다.

비록 멸망을 해치우기는 했지만, 우다비 성을 확인하지 않을 수 없었다.

그랬기에 앨리스와 함께 다시 돌아온 거다.

물론 아서베닝은 크마시온과 함께 마차에 남겨 두었다.

녀석은 휴식이 필요한 상태니까.

이곳으로 온 사람은 이민준과 앨리스, 그리고 성벽에 드리워진 그림자에 숨어 있는 섀도우 나이트였다.

 -앨리스, 혹시 모를 사태에 대비하세요. 저들이 기만술을 사용하는 걸지도 몰라요.

 -네. 알고 있어요.

 앨리스도 검과 방패를 쥐고는 전방을 확인했다.

 타닥-

 도개교가 완전히 내려오고 성문이 활짝 열렸다.

 타다닥-

 그러고는 세이욘을 앞세운 3명의 성기사와 다수의 병사가 걸어 나왔다.

 "투구를 벗으세요."

 "예, 예?"

 앨리스의 명령에 성기사들이 당황해했으나 별다른 저항은 없었다.

 철컥- 철컥-

 성기사들을 포함한 모든 병사가 투구를 벗었다.

 그들은 그저 멍한 표정일 뿐, 악의나 살의가 전혀 없는 얼굴이었다.

 그렇다고 마음을 놓아야 할까?

 아니. 방심은 언제나 금물이었다.

 "앨리스 집정관님, 여기는 무슨 일이십니까?"

세이온의 말에 앨리스가 고개를 흔들며 물었다.

"몰라서 묻는 건가요?"

"그, 그게, 사실 정말 어떻게 된 일인지 잘 모르겠습니다."

앨리스는 세이온을 정면으로 쳐다봤다. 그러자 세이온이 변명을 하듯 조금 전 정신이 든 상황에 대해서 설명했다.

그의 말은 간단했다.

지금까지 마주친 모든 성기사와 병사들이 지난 며칠간의 기억이 없다는 거였다.

멸망에게 정신을 사로잡혀서 그랬던 걸까?

이민준은 그렇게 추측했다.

그때였다.

"성기사 앨리스!"

성 안쪽에서 달려오는 남자가 소리쳤다.

이민준은 상대를 확인하기 위해 쳐다봤다.

제3장

절망의 사자

달려 나온 사내는 다름 아닌 성기사 레드린이었다.
"메시지, 여황 폐하의 메시지를 확인했소. 그대와 한니발 님이 조사관으로 파견되었다는 내용 말이요."
레드린이 투구를 벗으며 한 말이었다.
여황제가 메시지를 보낸 게 게임 시간으로 벌써 5일 전이었다.
부대를 책임지고 있는 레드린은 당연히 알고 있어야 하는 일이었지만, 세이온이 말한 것처럼 이들은 지난 며칠의 기억이 없었다.
레드린이 당황해하는 게 전혀 이상하지 않다는 뜻이었다.
앨리스가 고개를 끄덕이며 대답했다.

"맞아요. 그리고 실제로도 우리는 우다비 성에 들렀었죠. 조금 전에 말이에요."

"그, 그게……."

"여러분이 지난 며칠간을 기억하지 못하고 있다는 말을 성기사 세이욘에게 들어서 알고 있어요."

"그렇군요."

레드린이 어두운 표정을 드러냈다.

다른 사람도 아닌 앨리스에게 창피한 모습을 보인 거다.

여황제파의 대표적인 인물이 바로 앨리스다.

그랬기에 교황파 사람들은 될 수 있으면 앨리스 앞에서 작은 흠도 보이기를 원치 않았다.

그런데 그런 교황파인 레드린과 수하들이 완전 바보 같은 모습을 보이고 만 것이다.

이들 모두가 자존심 상해 하는 이유였다.

하지만 어쩌겠는가?

부끄럽고 수치스럽고 화가 나겠지만, 방법이 없었다.

자신들이 왜 이런 상태인지 이유조차 모르고 있으니 말이다.

이민준은 그런 레드린과 세이욘, 그리고 다른 이들의 작은 표정도 놓치지 않았다.

'이건 숨기거나 꾸미려는 게 아니야.'

말 그대로 이해 못할 상황에 영혼이 반쯤 빠져나가 버린 표정들을 짓고 있는 거다.

즉, 거짓말이 아니란 소리였다.

"일단은 이럴 게 아니라 안으로 들어가시죠."

누가 뭐라 해도 앨리스와 이민준은 여황제의 조사관이다.

레드린에겐 비록 내키는 일은 아니었지만, 그렇다고 함부로 대할 수도 없는 사람들인 거다.

앨리스가 이민준을 쳐다봤다.

어떻게 해야 할지 의견을 묻는 것이리라.

크게 문제가 될 건 없을 테니까.

이민준은 고개를 끄덕여 주었다.

"알겠습니다. 안으로 가서 이야기하시죠."

성으로 향하면서 레드린이 최대한 침착한 척을 하며 말했다.

"이게 부끄러운 이야기인 건 알지만, 말씀을 안 드릴 수가 없군요. 앨리스 집정관, 게스타스 추기경님의 행방이 묘연합니다."

당연하지! 조금 전에 공중에서 한 줌의 재로 사라져 버렸는데!

이민준은 조심스럽게 앨리스와 레드린을 살폈다. 당장 이야기해 주고 싶었지만, 이곳에는 듣는 귀가 많았다.

"일단은 조용한 곳으로 가시죠. 책임자들과 이야기 나누고 싶습니다."

절망의 사자 • 79

역시나 현명한 앨리스답게 그녀는 지위자들만 따로 호출했다.

털썩-
"그, 그게 무슨?"
"허어."
응접실에 모인 사람은 이민준과 앨리스를 포함해 총 8명이었다.

그리고 이민준과 앨리스를 제외한 6명의 성기사들은 벌린 입을 다물지 못할 정도로 크게 충격을 받은 것 같았다.

왜 아니겠는가?

자신들이 모시던 게스타스 추기경이 이 모든 일의 원흉이었다는 이야기를 들었다.

그것도 그냥 일을 벌인 게 아니라 이곳 세상을 멸망시킬 엄청난 기운과 결탁을 했던 거다.

"하, 하지만 그걸 본 사람은, 그러니까 목격자라면 조사관이신 두 분뿐이지 않습니까?"

세이온이 도저히 믿지 못하겠다는 듯 자리에서 일어나며 물었다.

'생각해 보니 그러네.'

이민준은 내심 뜨끔한 기분을 느꼈다.

게스타스는 강력한 폭발에 재가 되고 말았다.

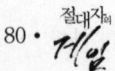

그렇다고 멸망과 관련된 증거가 있을까?

아니, 그것도 아니었다.

멸망과 관련된 증거물 또한 소멸한 멸망 녀석과 사라져 버렸으니까.

성안에 있는 모든 성기사와 병사들이 이 현상을 기억 못 한다면 도대체 누가 이 일을 믿어 줄까?

난감한 일이었다.

이민준은 앨리스를 쳐다봤다. 뜻밖에도 앨리스는 자신감이 넘치는 얼굴이었다.

그녀가 미소를 지으며 말했다.

"물론입니다. 목격자가 없지요."

"뭐야? 그럼 이건 믿을 만한 이야기가 아니잖아."

"맞소. 앨리스 집정관! 우리가 기억을 못한다고 이런 식으로 거짓말을 하면 되겠소?"

성기사들이 꼬투리라도 잡았다는 듯 반박을 했다.

척-

그러자 앨리스가 손을 들어 올리며 말했다.

"그건 걱정하지 마세요. 여러분은 오늘 중으로 황성 복귀 명령을 받을 겁니다. 그리고 황성으로 복귀하게 되면 이 나라 최고의 마법사이신 여황제께서 직접 여러분의 기억을 되살리실 테니까요. 마법으로 말입니다."

"아아."

"그, 그건?"

성기사들은 조금 전보다 더욱 충격을 받은 듯한 표정이었다.

이들은 멸망의 기운에 휩싸였던 지난 며칠간, 자신들이 어떤 일을 했는지 도저히 알 수가 없었다.

그 기간에 죄를 지었을까?

교회법을 어긴 건 아닐까?

혹은 정말 멸망이라는 자에게 동조해서 세상을 망하게 만드는 일을 벌였던 건 아닐까?

그 모든 일이 여황제 앞에서 까발려지게 생겼다.

기억나지 않는 지난 며칠이 성기사들을 두렵게 만들고 있는 거였다.

이, 이걸 어쩐단 말인가?

이러다가 반역자로 몰리는 거 아니야?

성기사들 입장에서는 좌불안석이 따로 없었다.

성기사 프에트가 생각한 것처럼 우다비 성의 모든 병력이 반역자로 낙인찍혀 처형을 당할 수도 있으니 말이다.

그때였다.

"여러분이 지금 어떤 심정인지 잘 압니다. 하지만 저는 가장 가까운 곳에서 멸망이라는 존재의 위협을 목격했습니다."

꿀꺽-

앨리스가 잠시 말을 멈추자 모두가 긴장했다.

살짝 미소 지은 앨리스가 좌중을 둘러본 후 말을 이었다.

"물론 여러분과 제가 껄끄러운 사이라는 건 알고 있습니다. 그렇다고 제가 죄 없는 사람에게 누명을 씌울 정도로 못돼 먹은 사람은 아니니까요."

"험험."

"그, 그건……."

몇몇 성기사가 얼굴을 붉혔다.

지금 보여 준 행동만으로도 이민준은 저들이 앨리스를 모함했던 전력을 가지고 있음을 알 것 같았다.

앨리스가 계속해서 말했다.

"저는 제가 본 것을 그대로 황제 폐하께 진술할 겁니다. 그리고 여러분은 분명 자의가 아닌 멸망이란 타의에 억압을 받으셨으니까요. 제가 할 수 있는 만큼 여러분을 변호하겠습니다."

"저, 정말입니까? 앨리스 집정관?"

"물론입니다."

"아아."

앨리스의 말에 성기사들의 눈동자가 흔들렸다.

그동안 앨리스를 모함하고 배척했던 사람들이다.

만약 처지가 바뀌었다면 이들은 무슨 수를 써서라도 앨리스를 사지로 몰아넣었을 것이다.

절망의 사자 • 83

그런데 앨리스는?

그녀는 넓은 아량으로 모두를 포용하려 할 뿐, 개인의 사욕을 조금도 부리지 않고 있었다.

드륵-

먼저 자리에서 일어난 사람은 세이온이었다.

척- 척-

그가 자신의 검을 가슴 앞으로 끌어당기며 말했다.

"디보데오 교의 성기사 세이온. 그동안 내 욕심을 위해 성기사 앨리스를 비난했었소. 내 부끄러운 행동을 용서해 주겠소?"

스슥-

앨리스가 자리에서 일어나 예를 갖추며 말했다.

"그저 조직의 분위기가 그랬던 것뿐입니다. 저 또한 성기사로서 교황청에 피해를 많이 끼쳤습니다. 그러니 저에게 미안한 마음 가지지 마세요, 성기사 세이온."

"아니요. 아닙니다. 앨리스 집정관, 나를 용서해 주시오."

타각- 타각-

앨리스가 여신 같은 자태로 걸으며 세이온에게 다가갔다.

착-

그러고는 손을 내밀며 말했다.

"이런 관계 말고요. 동료로서, 같은 종교인으로서 신민을 위해, 그리고 제국민을 위해 앞으로 함께 힘을 합쳐 봐요."

이민준은 고개를 끄덕였다. 그녀의 행동이 뿌듯하게 느껴졌기 때문이다.

앨리스가 보인 모습은 단순한 화해가 아닌 완벽한 용서를 뜻하는 행동이리라.

그리고 그런 앨리스의 뜻을 알아챘던지 세이온의 눈이 벌겋게 변했다.

물론 세이온은 눈물을 보이지 않았다.

그 또한 용맹한 성기사.

세이온은 감정을 드러내지 않기 위해 어금니를 꽉 깨물며 손을 내밀었다.

"고, 고맙소, 앨리스 집정관. 아니, 고맙습니다, 집정관님."

앨리스를 진정으로 인정한 거다.

그리고 그게 끝이 아니었다.

드륵-

다른 성기사들도 자리에서 일어나 세이온과 같이 그들이 그동안 앨리스를 비방하고 시기했던 진실을 고했다.

단순히 앨리스가 이들을 보호해 주겠다고 말한 것 때문에 이런 분위기가 생긴 건 아니었다.

앨리스의 진심이, 그리고 앨리스의 진정성이 석상같이 단단하던 성기사들의 마음을 녹인 것이리라.

'앨리스는 대단한 리더구나.'

절망의 사자 • 85

늘 가까이 있어서 크게 생각하진 않았지만, 이민준은 오늘 앨리스가 보여 준 모습에 대단히 감동했다.

성기사들과 악수를 끝낸 앨리스가 이민준에게 다가오며 눈을 찡긋했다.

마치 그 모습이 '나 잘했죠? 칭찬해 주세요.'라고 말하는 것 같았다.

이민준은 하마터면 웃음을 터트릴 뻔했다.

하지만 지금 응접실은 엄숙한 분위기니까.

간신히 웃음을 참은 이민준은 앨리스를 향해 조심스럽게 엄지를 올려 주었다.

멋졌다는 의미다.

그러자 앨리스가 천사 같은 얼굴에 화사한 미소를 피웠다.

❈ ❈ ❈

짜득- 짜드득-

얼마의 시간이 지났을까?

며칠이 지난 건지, 혹은 몇 년이 지난 건지도 몰랐다.

아니, 어쩌면 고작 몇 분이 지난 건지도.

그럴 만큼 시간 개념과 감각이 마비되어 있었다.

메신저는 뻣뻣한 목을 간신히 움직여 주변을 둘러보았다.

빛으로 가득 차 있던 곳이었다.

크리스털로 이루어져 있던 공간.

그러나 지금은 빛이 사라진 채로 익숙한 어둠에 묻혀 있을 뿐이었다.

까드득-

메신저는 주먹을 쥐어 보았다.

마치 수십 년 동안 굳어 있던 몸처럼 작은 움직임조차 부자연스러웠다.

'아직 다 흡수하지 못한 건가?'

메신저는 조심스럽게 몸을 점검했다.

아무런 기운도 느껴지는 게 없었다.

'어떻게 된 거지?'

여신 에스페린의 기운이 느껴지지 않았다.

또한 응당 느껴져야 할 마계의 신 다이케로스의 기운조차 느껴지지 않았다.

덜컥 겁부터 났다.

'실패한 건가?'

아니, 아닐 거다.

실패했다면 자신은 죽었어야 옳았다.

그리고 죽음은 영원한 침묵일 테니까.

만약 자신이 죽은 거라면 이렇게 감각이 살아 있는 채로 현실을 느끼지 못할 것이다.

몸을 움직여 보았다.

우둑- 우둑-

녹이 슨 기계처럼 관절이 삐걱거렸다.

그럼에도 움직일 수 있다는 건 역시나 살아 있다는 뜻일 거다.

'그런데 왜 힘이 느껴지지 않지?'

처음부터 이곳에 여신 에스페린이 숨어 있다는 건 알고 있었다.

주신의 전사라는 한니발처럼 자신도 한때는 주신의 후보였으니까.

그때 얻게 된 능력으로 여신 에스페린을 느끼고 있었다.

물론 한니발과 다른 점이 있었다.

그는 성공했고, 자신은 실패했으니까.

하지만 그럼에도 메신저는 살아남았다.

아니, 정확하게 말하면 갈르시온 의원에게 영혼을 저당 잡힌 채로 살아가는 껍데기일 뿐이었다.

처참한 기분이 들었다.

같은 유저였지만 한니발은 모든 걸 성공한 사람이었고, 자신은 실패자다.

그런데 그런 실패자 주제에 바퀴벌레처럼 생명력 하나만큼은 질겼다.

'후후후.'

저도 모르게 웃음이 나왔다.

지금까지 죽을 고비를 그렇게나 많이 넘겨왔음에도 이번처럼 확신이 약했던 적은 없었다.

그랬기에 죽음을 예측했던 건데 또 살아났다.

메신저가 웃은 이유였다.

실패자 주제에 언제나 죽지 않고 살아나는 끈질긴 목숨.

'그래. 신 따위가 있다면 나를 태어나게 한 이유가 바로 이런 거겠지.'

처참함을 맛보라고?

항상 실패 속에서 패배감이나 느끼라고?

그게 아니라면 진즉에 죽여 주지.

왜 살아남게 했을까?

으득-

메신저는 가슴 깊은 곳에서 분노가 치솟아 오름을 느꼈다.

어떤 놈은 신에게 간택받아서 거대한 힘을 얻었는데, 자신은 신을 흡수하고도 작은 에너지조차 못 느끼고 있었다.

깊은 절망이 느껴졌다.

심연에 빠져 허우적대는 초라한 꼴.

그게 바로 자신이었다.

그동안 죽지 않겠다고 발버둥 친 이유가 모두 한니발 같은 놈들을 빛내기 위해서가 아니었나 하는 생각도 들었다.

'내가! 내가 고작 그런 이유로 이렇게 고통받으며 살았단 말인가?'

그때였다.

후욱-

"크윽."

털썩-

메신저는 갑작스러운 고통에 무릎을 꿇었다. 식도가 타들어 가는 것처럼 아팠기 때문이다.

그뿐만이 아니었다.

"크아악!"

마치 배가 찢어지기라도 하는 것처럼 통증이 느껴졌다.

"커허억!"

느닷없이 찾아온 고통이었다.

그리고 그 고통은 메신저의 정신을 혼미하게 만들 만큼 끔찍했다.

"크허어억!"

죽음에 버금갈 정도의 고통이 한참 이어진 후였다.

"허억! 허억!"

메신저는 자신의 온몸에 새겨진 고통을 기억했다.

"고통! 절망! 분노!"

화으윽-

그러자 고통을 받은 모든 부분에서 거대한 힘이 울렁거

렸다.

이건가?

이거냐?

여신을 흡수한 힘이?

미친!

고통을 받아야 생겨나는 게 힘이라니?

무슨 이런 경우가 다 있단 말인가?

"으아아아!"

분노가 폭발했다.

후으윽-

그러자 고통과 함께 거대한 힘이 다시 한 번 출렁거렸다.

그러곤,

츠팟-

크리스털 동굴에 불이 들어왔다.

이전과는 다른 시뻘건 불이었다.

"망할!"

이런 거였던가?

절망의 사자라는 길이?

이 엄청난 고통을?

"으아아!"

메신저는 끔찍한 고통을 느끼며 출구 쪽을 노려보았다.

"대단하군. 어느 정도 믿고는 있었지만 이렇게 완벽하게 성공하리라고는 예상하지 못했어."

"가, 갈르시온 의원님?"

메신저는 끔찍한 고통에 허리를 숙인 채로 입구에서부터 걸어오고 있는 갈르시온을 쳐다봤다.

대체 어떻게 이곳까지 온 거지?

아니, 처음부터 이렇게 될 거라는 걸 알고 있었단 말인가?

터덕-

그림자처럼 걸어 들어온 갈르시온이 메신저의 앞에 섰다.

"흐으! 흐으!"

메신저는 갑갑한 숨을 억지로 들이쉬고 있었다.

"어떤가? 고통스러운가?"

"크흑! 알고 계셨습니까?"

"자네의 성공을 100퍼센트 장담했던 건 아니야. 하지만 말이지, 자네가 성공하게 되면 엄청난 고통을 당할 거라는 것쯤은 알고 있었지."

"끄으윽!"

어떻게 이리도 끔찍한 일을 저리 쉽게 말할 수 있단 말인가?

메신저는 분노가 치밀어 옴을 느꼈다.

지금까지 이런 생각을 가져 본 적은 없었다.

하지만 지금은 진심으로 갈르시온을 갈기갈기 찢어 버리고 싶었다.

그만큼 고통이 심했으니까.
그렇게 생각하자,
화으윽-
강력한 기운이 주변으로 퍼져 나갔다.
"까으윽!"
물론 그에 따른 엄청난 고통도 함께 올라왔다.
"후후후! 그래. 그렇게 분노를 해! 그게 바로 자네가 가야 할 길이야! 분노! 절망!"
동굴 안이 강력한 기운으로 가득 찼음에도 갈르시온은 아무렇지도 않은 듯 보였다.
대체 왜?
어떻게 이게 가능한 거지?
그런 메신저의 생각이라도 읽었다는 듯 갈르시온이 미소 지으며 말했다.
"내가 아무런 대비도 없이 이곳에 나타났을 거라 생각하는가? 자네는 나에게 아무런 피해도 줄 수 없다네. 그대의 영혼이 내게 잡혔을 때부터 그렇게 정해져 있던 거야."
"나를, 나를 살려 주겠다고 하지 않았습니까?"
"살아 있잖아. 살아서 숨을 쉬고 있잖은가?"
"이런 게 살아 있는 겁니까? 이렇게 고통스러운데?"
"하하하! 고통스러워도 산 건 산 거지."
"끄으으! 이렇게 사느니 차라리 죽음을 택하겠습니다."

"후후후! 미안하지만 그건 안 될 말이야. 자네가 에스페린을 흡수함과 동시에 그대는 꽤 쓸모 있는 존재로 바뀌었거든."

"무, 무슨! 차라리 죽여 주십시오!"

"아니, 그대는 죽을 수 없어. 그대가 아무리 원한다고 해도 말이지? 지금 그대의 몸은 불사에 가까워졌거든."

"나 스스로 목숨을 끊는다면?"

"후후후! 궁금하면 시도해 보게. 물론 부질없는 짓일 테니까. 이미 그대가 걸어온 길이 그래. 마지막 완성을 위해 달려가는 거지."

"아아."

메신저는 깊은 절망을 느꼈다.

고통이 너무 심해지면 차라리 죽음이 평온을 찾아 줄지도 몰랐다.

그런데 그런 죽음조차 마음대로 선택할 수 없다고?

이보다 더 처참한 기분을 느낄 수 있을까?

"흐흐흐! 그래. 그렇지. 그게 바로 절망의 사자가 걸어야 할 길이라네. 영원한 고통, 끝이 없는 절망."

"아아! 아아아!"

메신저는 절규했다.

무엇을 향한 절규인지는 알 수 없었다.

그저 모든 게 끔찍하고 고통스러울 뿐이었으니까.

그럼에도 갈르시온은 오히려 기쁜 얼굴이었다.

만면에 미소를 띤 갈르시온이 말했다.

"그대는 더 이상 메신저가 아니다. 이젠 절망의 사자가 되었지. 절망의 사자 히리온."

턱-

갈르시온이 메신저, 아니 이제는 절망의 사자가 된 히리온의 머리에 손을 얹었다.

그러자,

후으윽-

검은 기운이 히리온의 머리를 감쌌다.

"히리온, 그대는 나의 뜻을 따라 움직이게 될 것이다."

"히리온. 나의 이름은 히리온. 끄으윽! 주인의 명을 받겠습니다."

파드득-

끔찍한 고통을 참기 위해 두 주먹을 불끈 쥔 히리온이 갈르시온에게 머리를 조아렸다.

❈ ❈ ❈

마차 안은 여전히 시원했다.

쉬이이잉-

창문 위쪽에서 열심히 돌아가고 있는 냉방 마법 덕분이

절망의 사자 • 95

었다.

 사막의 더위를 피하려고 아서베닝을 시켜서 만든 건데, 무려 5일이 넘게 지났음에도 끄떡없이 잘 돌아가고 있었다.

'역시 드래곤의 마법은 대단하구나!'

이민준은 고개를 끄덕였다.

달그르륵-

마차 안에는 이민준과 앨리스뿐이었다.

 비록 몸이 좋지는 않았지만, 아서베닝은 계속해서 지붕을 고집했다. 갑갑한 마차 안이 싫었기 때문이다.

달그닥-

"아고! 베닝 님! 가만히 좀 계세요. 그래야 제가 마나를 주입하죠."

"아! 불편하단 말이야! 네가 잘 좀 하든가!"

지붕에서 투닥거리는 두 녀석의 목소리가 들려왔다.

"최선을 다하고 있습니다. 최선. 모르십니까?"

"몰라."

"좀 고마운 줄 아세요."

"뭐라는 거야, 지금? 생색이라도 내겠다는 거야?"

"아, 아니요. 그건 아니고요. 호호! 그래도 제가 고맙죠?"

"흥! 고맙긴 무슨."

"와! 베닝 님, 저 싫죠?"

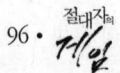

"뭐? 너 왜 눈을 그렇게 뜨면서 쳐다보는 건데?"
"아니, 아니, 그게 아니고."
"뼛가루로 만들어 줄까?"
"히끅! 아, 아닙니다. 잘못했습니다."
피식-

끊임없이 투닥거리는 두 녀석 덕분에 저도 모르게 웃음이 나올 때도 있었다.

서로 친근한 루나와는 달리 투닥거리며 정을 쌓고 있는 녀석들이라 그런 것 같았다.

'후우.'

이민준은 고개를 흔들어 잡념을 털어 냈다.

마차는 부르크족이 사는 돌산을 향해 달리고 있었다.

황성 귀환 주문서가 있었기에 이민준과 앨리스는 바로 황성으로 돌아갈 수도 있었지만 그러지 않았다.

마나 하트에 문제가 생긴 아서베닝 때문이었다.

크마시온의 진단으론 적어도 5일 정도는 휴식을 취해야 치료가 될 수 있다고 했다.

그리고 그동안 머물 안전한 은신처도 필요했고 말이다.

이민준은 고심 끝에 부르크족 마을을 선택했다.

이곳 사막에서 아서베닝이 안전하게 지낼 수 있는 곳은 부르크족 마을밖에 없을 테니까.

'흐음.'

이민준은 편안한 자세로 마차의 의자에 등을 기댔다.

세상을 망하게 하려던 멸망이 소멸했다.

'기분이 묘하네.'

멸망을 막으면 엄청나게 기쁠 것 같았는데 막상 그렇지도 않았다.

팡파르도 없었고, 축하 인사도 없었다.

물론 앨리스가 이 모든 것에 대해서 여황제에게 보고했다고는 했다.

어쩌면 황궁에서 축하 파티를 열어 줄지도 몰랐다.

이민준은 고개를 흔들었다.

자신이 그런 파티를 좋아하는 것도 아니고.

'대체 왜 기분이 찜찜하지?'

분명 멸망을 막았고, 이 세상을 구했다.

그럼 뭔가 개운한 기분이 들 줄 알았는데, 전혀 그런 기분이 들지 않았다.

잠시 멍한 기분을 느끼고 있을 때였다.

"세상을 구한 영웅이시죠?"

이민준의 표정을 살피던 앨리스가 미소를 지으며 한 말이었다.

"아, 네?"

"왜 이렇게 시무룩한 표정이세요? 세상을 구하신 영웅께서? 정말 대단한 일을 하셨잖아요?"

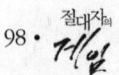

앨리스의 얼굴엔 진심이 담겨 있었다.

"후후! 우리 서로 낯부끄럽게 그런 이야기는 하지 마요. 저는 이상하게 이런 이야기가 꽤 간지럽더라고요."

"어머! 영웅께서 이런 이야기를 간지러워하시면 어떻게 해요? 황궁으로 돌아가시면 지금 이런 분위기보다 천 배는 더 간지러운 상황이 닥칠 텐데요."

"네, 네?"

이민준의 물음에 앨리스가 웃으며, 곧 이민준이 맞닥뜨리게 될 상황을 이야기해 주었다.

우선은 황성의 전승 행진이 그 첫 번째라고 했다.

영웅에게 어울리는 전승 행사!

20필의 백마가 끄는 마차를 탄 채로 제국민들의 환호를 받으며, 넓은 황성의 대로를 도는 일이 있을 거라고 했다.

"아!"

그 말을 듣는 순간 이민준은 황궁으로 돌아가고 싶은 마음이 싹 사라졌다.

하지만 그게 끝이 아니었다.

"이건 시작도 안 한 거라고요!"

앨리스의 말에 따르면 여황제가 주선하는 파티와 교황의 대리인인 추기경이 주선하는 파티, 그리고 각 파벌의 귀족 모임에서 주선하는 파티에도 모두 참석해야 할 거라고 했다.

이민준은 이때부터 두통을 느끼기 시작했다.

하지만 그럼에도 그게 끝이 아니었다.

그 외에도 앨리스가 거론한 자잘한 행사가 수백 가지도 더 되어 보였기 때문이다.

"화, 황궁에 안 가면 안 될까요?"

이민준의 물음에 앨리스가 단호한 선생님처럼 고개를 흔들었다.

그녀가 함께 있지 않았다면 마차를 다른 곳으로 돌렸을지도 몰랐다.

그럴 만큼 이민준은 번거로운 행사가 싫었다.

하지만 어쩌랴? 자신을 믿어 준 여황제를 배신할 순 없지 않겠는가?

잠시의 침묵이 이어졌다.

앨리스는 책을 들었고, 이민준은 창밖 풍경을 감상했다.

마차가 한참을 달린 후였다.

"사실 이번 일을 겪으면서 꽤 많은 생각을 했어요."

먼저 말을 꺼낸 사람은 앨리스였다.

"네?"

이민준은 앨리스를 쳐다봤다. 그녀는 조금 전과는 달리 상당히 진지한 표정을 짓고 있었다.

자세를 고쳐 앉았다. 어려운 이야기를 꺼낼 게 분명했기 때문이다.

그런 분위기를 눈치챘는지 앨리스가 살짝 미소 지으며 말했다.

"전에 부탁하려 했던 일이요. 현실의 제 부모님께 돈을 전해 드리고 싶다고 말씀드렸죠?"

"아! 네. 물론 알고 있죠."

"이번 일을 겪으면서 죽음에 대해서 더욱 진지하게 생각하게 되었어요. 저는 정말 한니발 님이 잘못되는 줄 알고 무서웠거든요."

이민준은 고개를 끄덕였다.

자신 또한 굉장히 놀랐던 일이다.

실제로도 현실과 선이 끊어질 뻔하지 않았던가?

무서운 일이었다.

"흠흠."

마음을 가다듬은 이민준은 앨리스를 보며 말했다.

"현실에 계신 부모님의 성함이나 연락처, 또는 주소 같은 걸 말씀해 주세요. 제가 방법을 만들어서라도 앨리스의 부모님께 돈을 전해 드릴게요."

"고마워요. 고맙고, 정말 미안합니다. 저는 항상 한니발 님께 신세만 지는 거 같아요."

앨리스가 미안한 표정을 지었다.

"그렇게 미안하면 맛있는 밥이라도 한번 사시든가요?"

"품."

이민준의 농담에 앨리스가 웃고 말았다.

"어어? 농담 아닌데?"

"와! 농담이 아니면 얼마나 거창한 식사를 원하시는 거예요?"

"글쎄요? 라면 한 끼 정도?"

"엉큼하시네요. 제 방에서요?"

"네, 네?"

"설마 그런 걸 원하실 줄은 몰랐어요."

앨리스가 수줍은 척을 했다.

농담으로 던진 말을 진지하게 받아들인 거다.

이민준은 서둘러 두 손을 흔들며 말했다.

"아, 아닙니다. 그런 의미가 아니었습니다."

"어머? 그런 게 아니라면 무슨 의미였는데요?"

앨리스가 묘한 미소를 지었다.

"그, 그게……."

"푸핫."

이민준이 난감해하자 앨리스가 그만 웃음을 터트리고 말았다.

"아하! 이것 참."

이민준은 뒷머리를 긁적였다. 민망한 기분이 들었기 때문이다.

그제야 앨리스가 미안한 표정으로 말했다.

"어머! 죄송해요. 한니발 님이 너무 순진한 표정을 지으시기에 저도 모르게 장난을 치고 말았네요."

"후후! 괜찮습니다."

이민준은 식은땀을 닦아 냈다.

기분이 나쁘진 않았다.

다른 사람도 아닌 앨리스니까.

그녀의 장난이 오히려 작은 설렘으로 느껴지기도 했다.

"흠흠! 그러지 말고 현실에 대해서 자세히 이야기해 주시겠어요?"

"그럴까요?"

다시금 진지해진 앨리스가 현실 이야기를 시작했다.

❈ ❈ ❈

"크흐윽!"

히리온은 밀려오는 고통을 굳게 참으며 걸었다.

'히리온. 나는 절망의 사자 히리온이다.'

그는 앞을 향해 걸으며 자신의 존재에 대해 계속해서 되뇌었다.

오랫동안 메신저로 살아왔다.

갈르시온에게 영혼을 붙잡힌 이후 쭉 그렇게 살았던 것 같았다.

절망의 사자 • 103

그랬던 자신이 하루아침에 히리온이라는 새로운 인물이 되어 버린 거다.

"끄윽!"

물론 지금은 자신이 누구인지가 중요하지는 않았다.

오직 신경 쓰이는 건 끔찍한 고통과 섬뜩한 통증뿐.

"커흑!"

히리온은 두 손으로 머리를 부여잡았다.

갈르시온이 무언가를 주입했는지는 모르지만, 아까부터 머리가 깨질 것처럼 아프기만 했다.

'나는 절망의 사자 히리온. 내가 가는 곳은 오직 절망뿐이다.'

귀찮은 소리가 머릿속을 계속해서 울리고 있었다.

얼마를 걸었을까?

"정지! 정지해라!"

빛이 나는 갑옷을 입은 기사들이 창을 들이밀었다.

"대, 대체 뭐지? 너는 인간인가?"

히리온을 막아선 기사가 놀란 눈으로 그를 훑었다.

챙-

"인간이 어떻게 여길 들어왔지? 여기는 인간이 올 수 없는 영역이다! 당장 무릎을 꿇어라!"

또 다른 기사가 검을 뽑으며 위협했다.

"끄윽! 나는, 나는 절망의 사자. 누구도 나의 길을 막지 못

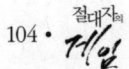

한다! 크학!"

히리온은 자신의 손을 앞으로 내밀었다.

그러자,

후으윽-

"크아악!"

끔찍한 고통과 함께 엄청난 기운이 뻗어 나갔다.

콰르르륵-

"마, 말도 안… 으아악!"

"허, 허어억!"

막강한 기운이었다.

마치 강력한 물줄기가 뿜어지듯 뻗어 나간 기운에 천사 기사 둘이 증발하고 말았다.

"끄으윽! 나는, 나는 절망의 사자 히리온. 누구도… 크흑! 나를 막을 수 없다."

터걱- 터걱-

앞을 가로막았던 방해물이 사라지자, 히리온은 자신을 괴롭히는 고통과 함께 앞을 향해 걸어 나갔다.

제4장

아버지

후으윽-

게이트를 통해 현실로 나오자 익숙한 어둠이 느껴졌다.

게임에 접속할 때가 새벽 5시였으니까.

아직 동이 트려면 시간이 조금 남아 있었다.

6월의 새벽이었다. 바람에 담긴 훈훈한 기운이 온몸을 감싸자 기분이 상쾌해졌다.

"스읍! 후우!"

이민준은 상쾌한 아침 공기를 마음껏 빨아들였다.

살아서 현실로 돌아와 마시는 공기다.

비록 게임 안에서 현실보다 더 현실 같은 느낌을 받고 있었지만, 그래도 진정한 현실은 바로 이곳인 거다.

멸망과 끔찍한 전투를 펼치며 몸에 구멍이 뚫렸을 때만 해도 정말 모든 게 끝이 났다고 생각했었다.

끔찍한 고통과 아득한 절망감.

'어머니와 동생들을 다시는 못 볼 줄 알았는데…….'

현실로 돌아오고 나니 자신이 멸망을 죽였다는 게 믿어지기 시작했다.

'자동차 사고 후유증이랑 같은 건가?'

보통 자동차 사고가 나면 당장은 몸이 아픈 줄을 모른다고 들었었다. 심한 충격을 받았음에도 긴장감이 높아서 그렇다는 것 같았다.

그러다가 몸이 점점 진정되면 마구 아픈 곳이 나오기 마련인데, 지금 이민준이 느끼는 감정이 그런 건지도 몰랐다.

죽음의 위기를 벗어나고, 멸망이라는 거대한 존재를 해치운 거니까.

그래서였는지 심장박동이 조금씩 빨라지기 시작했다.

'일곱 왕 덕분이었지?'

생각해 보니 일곱 왕에게 고맙다는 말도 제대로 못했다.

그들이 아니었다면 이민준은 지금쯤 게임 속에 갇혀서 슬픔에 빠져 있었을 거다.

아니, 어쩌면 부활했다가 다시 멸망에게 죽임을 당했을 수도 있겠지.

그랬다면 슬픔조차 못 느꼈을 거고 말이다.

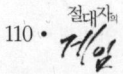

'후우! 역시 살아 있어야 이런 기분도 느낄 수 있는 거구나!'

다시 현실을 맞이할 수 있다는 건 언제 느껴도 좋은 기분이었다.

"가 볼까?"

이민준은 아파트를 향해 뛰었다.

이번에 게이트가 열린 곳은 아파트에서 조금 떨어진 주택가였다.

조깅하듯 뛰어가면 집까지 대략 30분 정도 걸리는 거리다.

'그나저나 이게 다 의미 없는 짓이었단 말이지?'

피식-

이민준은 매일같이 장소를 바꾸는 게이트를 생각하며 웃었다.

접속 게이트는 접속 때마다 다른 장소에 열리고 있었다.

그리고 그 거리가 멀어졌다가 가까워지기를 반복했는데, 이상한 건 특정한 패턴이 없다는 거다.

그렇다고 하더라도 이민준은 모든 것에 의미가 있을 거라 믿었었다.

그런 이유로 장소를 달리하는 접속 게이트와 매번 변하는 접속 대기 시간을 신경 쓰고도 있었다.

하지만 아무리 계산을 해 보아도 답이 나오지를 않았다.

답답할 노릇이었다.

이민준은 혹여나 앨리스가 정답을 알고 있을까 싶어 이 부분에 대해서 물어보았었다.

마차 안에서는 대화하는 것 빼고는 별달리 할 일도 없으니 말이다.

"앨리스 님, 혹시 현실에 계셨을 때 접속 게이트를 이용하셨었나요?"

"게임에 접속하려고요?"

"네."

"물론이죠. 현실과 연결되어 있던 유저라면 누구나 접속 게이트를 이용했죠."

그래? 그렇단 말이지?

"그럼 앨리스 님도 시간 멈춤 현상을 경험하셨겠네요."

"시간이 멈춰요?"

"네. 현실 시간이 대략 한 시간가량 멈추잖아요."

"정말요?"

앨리스가 커다란 눈을 더욱 커다랗게 떴다.

"애, 앨리스 님이 접속하셨을 때는 시간이 멈추지 않았나요?"

"그때는 그런 거 없었는데요? 그냥 제한 시간만 있었죠."

이민준은 고개를 갸웃했다. 아무래도 자신과 이전 유저들과의 차이점이 있는 건지도 몰랐다.

"그럼 혹시 접속 게이트가 열리는 장소는 어땠나요? 항상 같은 장소에 열렸었나요?"

"아니요. 매번 장소가 바뀌었어요. 어떤 때는 길거리에 열리기도 하고, 또 어떤 때는 건물 안쪽에 열리기도 했어요."

이민준은 고개를 끄덕였다.

그건 자신이 겪고 있는 상황과 같은 거니까.

"참, 제한 시간도 있었다고 하셨죠?"

"네. 접속 제한 시간이요. 보통 한 시간 정도를 줬어요. 그 안에 접속하라는 거죠."

이민준이 알고 있는 접속 제한 시간과도 같았다.

그러다 문득 우습다는 생각이 들었다.

멸망이 했던 말에 따르면 현재 이곳 세계에 남아 있는 유저의 수는 무려 9천 명이 넘는다.

그렇다는 건 예전엔 적어도 1만 명이 넘는 유저가 존재했었다는 의민데, 그 많은 사람이 게임에 접속하기 위해 매일같이 게이트를 찾아다녔다는 거다.

그렇다는 건?

이민준은 앨리스를 바라보며 물었다.

"길 한복판에서 게임에 접속하는데, 그걸 행인들이 모를 리가 있나요? 게임을 모르는 사람들 입장에서는 사람이 느닷없이 사라지는 거잖아요."

앨리스는 마치 그런 질문을 할 줄 알았다는 듯 미소 지으며 대답했다.

"그게 정말 우스운 일이었죠. 눈앞에서 사람이 사라져도 별로 신경을 안 쓰니 말이에요."

"신경을 안 썼다고요?"

"네, 맞아요. 어떤 유저는 사람이 많은 사무실에서 게이트에 들어갔다가 나오기도 했는데, 누구도 그 유저를 신경 쓰는 사람이 없더라고 하더군요."

"그렇군요."

이민준은 고개를 끄덕였다.

이건 마치 집단 최면과도 같은 걸지도 모른다.

그러고 보니……

이민준은 자신이 처음 절대자의 게임을 접했을 때를 떠올렸다.

그 당시 무려 1만 명에 가까운 사람들이 전략 게임인 절대자의 게임 대회에 참여했었다.

자신을 제외하면 무려 9,999명의 사람이 절대자의 게임이라는 전략 게임을 알고 있어야 한다는 소리다.

하지만 누구도 그걸 기억 못하는 것 같았다.

만약 알았다면 누구라도 이런 이야기를 인터넷에 올렸을 테니까.

'이것조차 D.O.D의 능력이란 건가?'

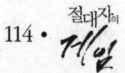

생각해 보면 현실의 D.O.D가 가진 능력은 뜻밖에 굉장한 것 같았다.

아니! 굉장하다는 표현이 오히려 겸손해 보일 지경이었다.

이민준은 고개를 흔들었다.

지금 가장 알고 싶은 건 다른 거였으니까.

"혹시 그 당시, 그러니까 유저들이 많았던 당시예요. 접속 제한 시간을 놓쳐서 접속하지 못한 사람도 있었나요?"

앨리스가 재미있다는 듯한 표정을 지었다.

역시나 이번 질문도 예상했던 것 같았다.

"접속 제한 시간을 놓친 사람은 있었죠. 하지만 접속을 하지 못한 사람은 없었어요."

"제한 시간을 놓쳤는데 접속을 못한 사람이 없었다니요?"

"유저들끼리도 이 문제에 대해서 갑론을박이 많았었죠. 그럴 거면 게이트의 위치가 왜 달라지는 거냐? 접속 제한 시간은 왜 또 변하는 거냐, 등등."

들고 있던 물병으로 입술을 적신 앨리스가 말을 이었다.

"우습게도 접속 제한 시간을 놓쳐서 접속을 못한 유저를 게임이 강제로 접속을 시켰거든요."

이건 또 무슨 소린가?

그럴 거면 뭐하러 시간을 멈추고, 접속 제한 시간을 두는 건데?

생각해 보니 앨리스가 말한 유저들과 똑같은 생각을 하는 거다.

이민준은 고개를 갸웃했다. 게임 접속 시스템이 하는 일이 이해가 되지 않았기 때문이다.

저도 모르게 인상이 써지기도 했다.

그러자 앨리스가 웃으며 말했다.

"궁금하시죠?"

설마?

"앨리스는 그 이유를 알아요?"

"알죠. 저 이래 봬도 이곳 세상에서 총집정관이나 되는 위치에 있는 사람이에요. 여황제님의 비밀 서고도 마음대로 들락거릴 수 있는 사람이죠."

"남들이 모르는 비밀도 알고 계신다는 말인가요?"

"호호! 그다지 큰 비밀은 아니에요. 접속 게이트와 관련된 문서는 NPC 마스터들, 즉 인공지능 프로그래머들을 죽인 영웅들이 작성한 거니까요."

"그렇군요."

이민준은 고개를 끄덕여 주었다. 그러자 앨리스가 짓궂은 표정을 지으며 말했다.

"영웅들은 게임 마스터들을 죽이면서 몇 가지 지식을 얻었다고 해요. 그리고 그중에는 접속 게이트에 관한 이야기도 포함되어 있다고 했죠. 그래서 그게 별것 아니란 걸 알게 되었죠."

"그래서 그게 뭔데요?"

"접속 게이트의 위치가 변한 이유는 나중에 진행할 이벤트 때문이었다고 하더군요."

"이벤트요?"

"네, 맞아요. 사실 NPC 게임 마스터들이 살아 있었을 때는 선물 주는 이벤트들도 꽤 있었거든요. 아이템이나 금괴 같은 것들이요."

"허어."

이민준은 저도 모르게 탄성을 지르고 말았다.

이건 완전 현실의 온라인 게임하고 비슷하지 않은가?

하기야.

그러니까 이름에 게임이란 단어가 들어가는 거겠지!

그러다 문득 궁금한 점이 생겼다.

"그래서 무슨 이벤트 때문인데요?"

"안타깝게도 그건 밝혀지지 않았어요. NPC 게임 마스터들이 모두 죽어 버렸으니까요."

"아!"

이민준은 그제야 이해할 수 있었다.

결국, 접속 게이트의 위치가 달라지는 건 언젠가 진행하려 했던 특정한 이벤트 때문이라는 거다.

그리고 그 이벤트라는 게 앨리스가 말하는 대로 유저들에게 아이템이나 돈 같은 보상을 주는 재미를 위한 거였고 말이다.

'싱겁기는······.'

지금까지 접속 게이트의 위치가 바뀌는 걸 진중하게 생각하고 있었다.

그런데 알고 보니 그게 이루어지지 못할 지난 이벤트 때문이라는 거다.

더군다나 제한 시간인 한 시간 안에 접속하지 않아도 자동으로 접속될 줄이야!

'몸 안 좋다고 하루 빠질 수 있고 그런 건 아니네?'

은근히 섭섭한 마음이 들었다.

결론적으로 절대자의 게임에 접속하는 건 선택이 아닌 의무 사항이었으니 말이다.

여러 가지로 복잡한 기분이 들 때였다.

"그런데 그 법칙이 아직도 남아 있었네요. 게이트의 위치가 바뀌는 거요."

"네. 뭐, 그렇죠."

"혹시… 뭔지 모를 그 이벤트가 한니발 님께 일어나지는 않을까요?"

앨리스가 기대에 찬 눈빛으로 물은 거다.

그럴까?

에이, 아니겠지.

이민준은 그저 우스갯소리를 하며 당시를 넘어갔다.

탁- 탁- 탁-

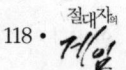

몸을 풀 겸 천천히 달렸음에도 어느덧 아파트가 가까워져 있었다.

'혹시 나한테 그런 이벤트가?'

문득 그런 생각이 들었다.

피식-

저도 모르게 웃고 만 이민준은 고개를 흔들며 아파트로 들어섰다.

달칵-

샤워를 끝내고 방에 들어오니 시간이 어느덧 새벽 6시를 넘어가고 있었다.

달그락- 탁탁탁탁-

도서경이 아침을 준비하고 있는지 주방에서 요리하는 소리가 들려왔다.

쉬는 토요일이었기에 굳이 아침을 차리지 말라고 말씀드렸지만 도서경은 미소만 지을 뿐이었다.

가족에 대한 고집만큼은 절대로 꺾지 않는 분이니까.

털썩-

이민준은 침대에 걸터앉았다.

띠링-

그러고는 태블릿 컴퓨터를 꺼내어 켰다.

스슥-

망설임 없이 현실 능력치 앱을 실행시켰다. 그러자 익숙한 문구가 떴다.

[적용되지 않은 현실 능력치 : 1]

'오호!'

레어 퀘스트를 해결하고 얻은 현실 능력치다.

언제나 느끼는 거지만 현실 능력치의 획득은 사람을 떨리게 했다.

과연 이번엔 어떤 일이 발생할까?

기대가 따르기도 했고, 걱정이 들기도 했다.

현실에서 슈퍼맨과 같은 힘을 얻는 거니까.

묘한 기분이 들었다.

'어디 보자.'

이민준은 자신이 가지고 있는 현실 능력치부터 확인했다.

▶ 생명력 : 100 ▶ 체력 : 6 ▶ 힘 : 13 ▶ 민첩 : 9
▶ 지능 : 18 ▶ 육체 밸런스 : 2

지난번에 얻은 2개의 현실 능력치는 체력과 민첩에 투자했었다.

이번에도?

이민준은 고개를 흔들었다.

괜스레 몸에 더 투자했다가 몸집이 커져 버리면 난감할

것 같아서였다.

그렇다면?

스윽-

이번엔 지능에 현실 능력치를 주었다.

그러자,

[현실 능력치를 적용하시겠습니까?]

확인 문구가 떴다.

'예'를 눌렀다.

띠리링-

[현실 능력치의 변동 사항이 적용되었습니다.]

메시지가 뜬 후였다.

'음?'

이민준은 갑자기 머리가 맑아지는 기분을 느꼈다.

무언가 모르고 있던 것들을 마구 알 것만 같은 그런 기분이 든 거다.

'대체 이게 무슨 기분이야?'

물론 정확하게 말하면 머리가 좋아지는 기분일 거다.

하지만 그런 단순한 말로는 설명할 수 없는 묘한 설렘이 마구 느껴지기도 했다.

그래서 그랬을까?

이민준은 자리에서 일어나 책장으로 다가갔다.

회사 경영을 위해 여러 가지 책을 사 놓았었는데, 그중 가장 공부하기 까다로웠던 것이 바로 회계와 관련된 내용이었다.

'어디 보자.'

슥-

회계학 책은 무기로 사용해도 문제가 없을 정도로 두꺼웠다.

팔락-

책을 펴 보았다. 복잡한 표와 수치가 적힌 페이지였다.

'뭐지?'

눈으로 한 번 훑었을 뿐이었다. 그런데 놀랍게도 지면에 적힌 내용이 이해가 되었다.

세상에!

팔락-

다음 장을 펴 보았다. 그러고는 눈으로 간단하게 내용을 훑었다.

'우와!'

역시나 본 내용이 그대로 이해가 되었다.

이민준은 저도 모르게 심장이 마구 뛰고 있음을 느꼈다.

이건 정말 엄청난 거다.

제대로 다 읽은 것도 아니다. 그런데도 지면에 적힌 내용이 다 이해가 되다니!

기쁨을 모두 만끽하기도 전이었다.

드으으으-

침대에 올려놓았던 휴대 전화기가 몸을 떨었다.

이민준은 서둘러 침대로 다가갔다.

스슥-

전화기에 표시된 건 문자 메시지였다.

'창식인가?'

이민준은 휴대 전화기를 들고는 문자를 확인했다.

메시지를 보낸 사람은 뜻밖에도 장현식 변호사였다.

'무슨 일이지?'

내용은 혹시 오늘 시간을 내어서 서울에 들러 줄 수 있는지를 묻는 거였다.

그리고 그 이유는 어머니와 관련된 일이 마무리되었으니 와서 정리하라는 것이기도 했다.

이민준은 저도 모르게 뭉클한 기분을 느꼈다.

지난 1년간 지겹도록 시달렸던 빚이 재판을 통해 완전히 청산된 거다.

문득 장현식이 정말 대단한 변호사라는 생각이 들었다.

이건 무엇보다 중요한 일이다.

더군다나 오늘은 특별한 일도 없으니까.

띠릭-

이민준은 오전에 출발하겠다는 답신을 보내고는 주방으로 향했다.

"아하! 잘 먹었다!"

"우와! 오빠는 주말인데 집에도 안 가고, 왜 우리 집에 와서 밥 먹는 건데?"

이민준의 여동생인 이민서가 배를 두드리고 있는 성창식을 타박했다.

"호호호! 나는 여기가 우리 집 같은데? 어머니도 제가 아들 같으시죠?"

하지만 그럼에도 성창식은 만면에 미소를 띠며 너스레를 떨었다.

"이야! 이 오빠, 날이 갈수록 얼굴에 철판이 넓어지네?"

"그래? 내가 아이언맨이 돼 가는 건가?"

"우엑! 아재 개그! 아재 개그!"

성창식의 웃기지도 않는 농담에 이민서가 몸을 부르르 떨었다.

"아아, 정신 건강 보호를 위해서 저는 먼저 일어납니다."

"야! 민철이 너까지 이러기야?"

"사실 이번엔 형이 좀 심했어요."

"그, 그랬나?"

이민철의 한 방에 성창식이 시무룩한 표정을 지었다.

피식-

이민준은 저도 모르게 웃고 말았다.

성창식은 은근히 꼬맹이들과 투닥거리는 걸 즐기는 것

같았다.

 물론 표정이야 저렇게 짓고 있지만, 성창식은 금세 미소를 찾고는 다시 동생들과 장난을 칠 거다.

 지금까지 그래 왔으니까.

 달그락-

 이민준은 다 먹은 그릇을 정리하며 도서경에게 말했다.

 "엄마, 저녁에 시간 괜찮으세요?"

 "음? 무슨 일 있어?"

 "오늘은 가족들과 외식을 좀 하고 싶어서요."

 "그래? 나야 괜찮지. 쌍둥이들은 어때?"

 "우와! 외식! 뭐 사 줄 건데? 응? 응? 고기? 회? 응? 뭔데, 오빠?"

 "와하! 나도 외식 좋아!"

 외식에 대한 꼬맹이들의 대답은 언제나 한결같았다.

 거절하는 일이 없다는 소리다.

 그런 점에서 보면 꽤 일관성 있는 녀석들이었다.

 "아! 이런! 나는 저녁에 아버지 만나기로 해서 못 가겠네."

 성창식이 아쉽다는 표정을 지었다. 그러자 이민서가 어이없다는 얼굴로 말했다.

 "뭐야? 오빠가 왜 아쉬워해? 설마 오빠도 우리 가족 외식에 끼려고 했던 거야?"

"당연하지. 나도 이 집의 가족이잖아."

"세상에. 이 오빠 집념 좀 봐. 그 정도의 집념이면 오빠는 뭘 해도 성공할 거다. 진짜!"

"그렇지? 호호!"

성창식의 철면피 같은 말에 이민서가 웃음을 터트렸다. 한참을 웃은 후였다.

"그런데 진짜 못 와?"

이민서가 새침한 표정으로 물은 거였다.

"오오! 왜? 이 오빠가 진짜 참석 못한다니까 막 서운하고 그런 거야?"

"아, 아니! 그런 건 아니야! 치이! 무슨 가족이 그래? 흥!"

토라진 표정을 지은 이민서가 자리에서 일어나 자기 방으로 가 버렸다.

이민준은 성창식의 표정을 확인했다. 녀석은 기분이 좋았던지 싱글벙글한 얼굴이었다.

"후후! 그럼 다들 저녁에 시간 비워 두는 걸로 알고 저는 나가 보겠습니다."

"그래. 조심해서 다녀오고. 저녁에 보자."

도서경에게 인사한 이민준은 서울로 출발하기 위해 아파트를 빠져나왔다.

"들어오시죠."

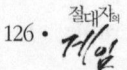

법무법인 사무실에 들어서자 장현식이 반겨 주었다.

"오늘은 혼자 오셨네요?"

"네. 친구 녀석이 일이 좀 있다고 해서요."

"후후! 그렇군요. 앉으시죠. 커피?"

"좋습니다."

우그르르르-

장현식이 머그잔에 믹스 커피를 타 주었다.

탁-

"여기 있습니다."

탁자에 올려진 머그잔에서 향긋한 커피 향이 퍼져 나갔다.

후룩-

이민준은 뜨거운 커피로 입술을 적셨다.

타닥-

맞은편에 앉은 장현식이 두툼한 서류를 탁자 위에 올렸다.

"이로써 도서경 씨 앞으로 잡혀 있던 모든 채무가 정리되었습니다. 이 대표님이 원하시면 이번 일과 관련이 있는 예전 임원들을 상대로 소송을 진행할까 생각 중입니다."

이민준은 잠시 고민을 했다.

과연 소송을 진행하는 게 옳은 일일까?

그렇게 생각하자 문득 빚에 쪼들리며 고생했던 지난 1년

간의 일들이 떠올랐다.

정말 끔찍한 시간이었다.

'아버지에게 은혜를 입은 임원이란 작자들이 자기들의 이득을 위해 우리 가족을 이용해 먹었다는 거잖아?'

그렇게 생각하니 가슴속에서 뜨거운 기운이 올라오는 것 같았다.

화가 나는 거다.

그런데 그런 자들을 용서할 필요가 있을까?

아니, 그럴 마음은 추호도 없었다.

이민준은 장현식을 바라보며 말했다.

"돈이 얼마가 들더라도 이번 일에 대해서는 꼭 소송했으면 좋겠습니다."

"후후후! 그러실 줄 알았습니다."

탁-

장현식이 새로운 서류 뭉치를 탁자 위에 올리며 말했다.

"이번 세밀 정밀 건을 조사하면서 꽤 많은 자료를 얻었습니다. 어쩌면 몇몇 사건은 형사고소로 갈지도 모릅니다. 세밀 정밀의 전 임원들이 저지른 배임 혐의와 사기 혐의에 대해서 말입니다."

이민준은 고개를 끄덕였다.

사고 이후 어머니 일을 조사하면서 임원들에 대한 상당한 의혹이 포착되었었기 때문이다.

'만약 D.O.D를 만나지 못했다면 아직도 이 일로 괴롭힘을 당하고 있었겠지?'

그렇게 생각하니 묘한 기분이 들었다.

사실 이민준은 D.O.D를 그다지 좋게 생각하고 있지 않았다.

그런데 또 반대로 생각해 보면 D.O.D 덕분에 인생이 바뀌기도 했다.

'좋아해야 하는 거야, 싫어해야 하는 거야?'

이런 복잡한 감정을 어떻게 쉽게 설명할 수 있을까?

"궁금하시면 서류를 직접 확인하셔도 됩니다."

이민준이 깊은 생각에 잠겨 있는 듯하자 장현식이 서류 뭉치를 앞으로 내밀었다.

"아! 그럴까요?"

차르륵-

이민준은 장현식이 정리한 서류를 확인했다.

복잡한 법률 용어와 각종 증거에 대한 자료가 정리되어 있었다.

'음?'

놀라운 건 그 서류들을 보자 모든 내용이 이해가 되었다는 거였다.

'맞다! 그렇지?'

이민준은 새벽에 현실 능력치를 하나 올렸다. 그리고 올

아버지 • 129

린 능력치는 다름 아닌 지능이었다.

덕분에 복잡한 법률 용어도, 그리고 장현식이 휘갈겨 써서 정리한 사건 개요도 모두 눈에 들어왔다.

"그러니까 장 변호사님은 세밀 정밀의 강 이사와 최 전무가 대번 쪽과 접촉한 정황을 가지고 계신다는 거죠?"

"네? 아, 네. 그렇죠."

장현식이 놀란 얼굴로 이민준을 쳐다봤다.

일반인이라면 서류의 내용을 완벽하게 이해하기가 어렵다고 생각하고 있었기 때문이다.

그런데 이민준은 서류를 한 번 훑은 것만으로도 단번에 핵심을 집어냈다.

어찌 놀라지 않을 수 있을까?

하지만 이민준은 그런 장현식의 시선보다는 서류 안에 담긴 내용에 더 관심이 있었기에 그의 시선을 그다지 신경 쓰지 않았다.

"여기 내용대로라면 저의 아버지가 대번 쪽과 손잡기를 거절했고, 그 때문에 회사에 내분이 있었다는 말이네요."

"네. 그것도 맞습니다. 조사하는데 애를 좀 먹긴 했어도 상당히 신뢰도가 있는 이야기입니다."

이민준은 뭔가 복잡한 감정을 느꼈다.

'설마?'

왜 하필 아버지 일에 대번이 연결되어 있을까?

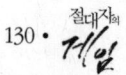

문득 죽은 정일석이 떠올랐다.

그가 담당했던 프로그램은 대번과 연관된 국가 방위산업이었다.

그리고 세밀 정밀 또한 방산 업체 중 하나였기에 대번의 이름이 거론된 거다.

찝찝한 기분이 들었다.

물론 대번이 연관된 건 오직 한 번뿐이었다.

그리고 그건 세밀 정밀이 가진 기술과 인력을 욕심내서 접근했다가, 이민준의 아버지인 이인호의 거절에 발길을 돌렸다는 내용일 뿐 특별한 건 없었다.

"흐음."

이민준은 고개를 흔들었다.

이런 작은 내용 하나로 아버지의 죽음과 대번을 연결할 수는 없을 거다.

어찌 되었든 아버지는 사고사로 돌아가신 거니까.

하지만 그럼에도 의혹이 드는 건 아버지가 돌아가신 이후 임원들의 움직임이었다.

이민준은 서류에 표시된 몇몇 회사를 주목했다.

"장 변호사님, 이 회사들이요. 대부분 중소기업이잖아요. 자본력도 약하고, 규모도 작고요."

"맞습니다. 그렇지요."

"그런데 임원들이 인력과 기술을 이런 회사에 팔았다는

건가요?"

"정확히는 팔았다기보다는 빼돌렸다는 표현이 맞겠지요."

"흐음."

이민준은 세밀 정밀의 인력과 기술이 빠져나간 회사들에 집중했다.

방산 업체가 가진 기술력 중 주요 기술은 국가의 보호를 받는 1급 비밀이 많았다.

그런데 그런 기술이 이런 허술한 회사로 흘러들어 갔다니, 도저히 이해가 되지 않았다.

이민준은 고개를 끄덕이며 말했다.

"아무래도 이 회사들부터 조사해야 하지 않을까요?"

"저도 같은 생각이었습니다."

고개를 들자 장현식이 묘한 표정을 짓고 있었다.

"왜 그러세요? 제 얼굴에 뭐가 묻었나요?"

"아니요. 그런 건 아닙니다. 그런데 정말 놀랍네요. 법이나 전문 경영 쪽을 오랫동안 공부하신 건 아니죠?"

"물론 아니죠. 사업 시작한 지도 얼마 안 되었고요. 물론 공부는 계속하고 있습니다."

"그래 봐야 몇 달 안 되신 거잖아요."

"그렇죠."

"와."

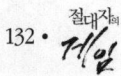

"왜 그러세요? 장 변호사님."

"세상에 천재가 있다는 소리도 많이 들었고, 실제로도 그런 천재들을 만나 보기도 했습니다. 하지만 이 대표님처럼 엄청난 천재는 또 처음 보네요."

"네에? 아이고! 장 변호사님, 왜 이러세요? 간지럽습니다."

"아니요. 듣기 좋으시라고 한 말은 아닙니다. 하지만 정말 하루하루 다른 사람이 되시는 것 같습니다. 뭐 좋은 거라도 드십니까?"

"하하! 그냥 쌀밥에 김치 먹습니다."

"역시! 김치가 보약이군요."

"네에? 하하!"

느닷없는 장현식의 농담에 그만 크게 웃고 말았다.

분위기는 훈훈했다.

모두 장현식 변호사 덕분이었다.

언제 봐도 고마운 사람이다.

타닥-

이민준은 서류를 정리했다. 이만 자리에서 일어날 생각이었다.

그때였다.

"참! 이 대표님."

"네?"

아버지 · 133

"이게 아직은 조사 중인 자료라 말씀을 드려야 하나 고민을 했는데, 그래도 이렇게 오신 거니 말씀은 드려야겠군요."

터덕-

장현식이 새로운 문서를 꺼내었다.

"확인해 보세요."

이민준은 장현식이 내민 문서를 확인했다.

"아."

약 1년 반 전에 일어났던 차 사고에 관한 내용이 담긴 문서였다.

"당시 트럭 운전사였던 추필진 씨는 과도한 피로로 인한 업무상 과실을 인정받았었습니다."

이민준은 고개를 끄덕였다.

그 정도 내용은 사고 이후 어머니에게 들어서 알고 있었으니까.

"하지만 이해가 되지 않는 게 있더군요. 제가 구한 경찰서 조사 자료에는 트럭이 브레이크를 잡은 흔적이 전혀 없었습니다."

이민준은 서류에 집중했다.

떠올리기 싫은 기억이었지만, 그래도 아버지와 관련된 일인데 어찌 그냥 넘어갈 수 있겠는가?

"그 때문에 사고가 커진 거였죠?"

"그렇습니다. 그런데 제가 이해가 안 되는 건, 마치 이 사건이 일부러 꾸며진 게 아닌가 하는 의혹이 든다는 겁니다."

의혹?

쿠웅!

장현식의 말을 듣는 순간 이민준은 저도 모르게 심장이 크게 뛰고 있음을 느꼈다.

'그래. 맞아. 서류를 보니 알 거 같아.'

순간 그런 생각이 들었다.

이민준의 표정을 살핀 장현식이 조심스럽게 말했다.

"아! 이거 실례가 되는 건 아닌지 모르겠군요. 당연한 이야기지만 확실한 증거는 없습니다. 그렇지만 당시 교차로에 있던 CCTV 자료가……. 여기 있군요."

장현식이 또 다른 문서를 이민준에게 내밀었다.

"여기 보시면 트럭 운전자의 실루엣이 보입니다. 고개가 정확히 정면을 향하고 있죠. 이 정도라면 신호등은 물론이고 이인호 씨의 차량을 발견했어야 옳습니다. 그럼에도 브레이크도 밟지 않은 채로 직진한 거죠."

"그렇군요."

장현식의 말이 맞았다.

CCTV 화면을 캡처한 문서에는 트럭 운전자의 실루엣이 분명하게 담겨 있었으니까.

"그럼에도 법원에서는 이 자료가 명확하다고 판단하지 않았습니다. 단지 실루엣일 뿐이니까요."

부들부들-

이민준은 자신의 손이 떨리고 있음을 깨달았다.

문득 사건 당일이 떠올랐다.

사고가 난 후 보았던 아버지의 눈.

당시 아버지는 슬픈 눈을 하고 있었다.

이민준은 지금까지 그런 아버지의 눈이 뜻하는 바를 알지 못했다.

하지만 지금은 아버지가 왜 그런 눈으로 자신을 쳐다봤는지를 알 것 같았다.

미안하다, 아들. 정말 미안하다.

아버지는 이런 일이 벌어질 걸 알고 계셨을까?

아니, 그렇지 않아.

아버지라면 사고가 날 걸 알면서도 자신을 태우고 별장으로 향하지는 않으셨을 테니까.

그렇다면?

이민준은 서둘러 다른 문서를 확인했다.

제5장

편성지

'역시.'

세밀 정밀과 관련된 서류를 다시 검토해 보아도 이인호가 대번과 연결되어 있다는 내용은 보이지 않았다.

이민준은 고개를 끄덕였다.

그렇다는 건 이인호도 이런 사고가 날 것이라고는 상상조차 못했다는 말이다.

하지만 그럼에도 이인호는 분명 사고 순간 무언가를 떠올렸었다.

그러니 그렇게 슬픈 눈을 보여 주었겠지.

그렇게 생각하자,

후욱- 후욱-

놀랍게도 오른손이 뜨거워지기 시작했다.

'그래. 확실히 뭔가가 있어.'

이민준은 아버지의 사고에 숨겨진 진실이 있을 거라 확신했다. 그렇지 않고서야 오른손이 반응할 리가 없었다.

'아버지.'

이인호의 모습은 기억 속에 생생하게 살아 있었다.

항상 장난기 넘치시던, 그리고 자신을 친구처럼 편하게 대해 주셨던 아버지다.

이민준에게 아버지란 마음을 털어놓고 대화를 할 수 있는 사람이었기에 아버지의 빈자리가 더욱 크게 작용할 수밖에 없었다.

후욱- 후욱-

오른손이 뜨겁게 반응했다.

물론 지금 느껴지는 반응이 아버지의 영혼 때문은 아니었다.

이민준은 그 차이를 분명하게 알 수 있었다.

꽈득-

오른손을 굳게 쥐었다.

결코 이번 일을 쉽게 넘어가지 않으리라.

굳게 다짐했다.

차라락-

이민준은 서류를 정리했다.

생각에 잠긴 채로 한 행동이었기에 얼굴에 담긴 비장함을 눈치채지는 못했다.

"제가 너무 일찍 보여 드렸나 봅니다."

그 때문이었는지 장현식이 미안한 표정을 지었다.

이민준은 그제야 표정 관리를 했다.

굳이 이런 감정을 장현식에게 전달할 필요는 없으니 말이다.

"아닙니다. 만약 모르고 지나갔다면 그게 더 서운할 일이죠."

장현식이 고개를 끄덕이며 말했다.

"사실 이 사건을 다시 꺼내 들면 이 대표님이 아파하실지도 모른다고 생각했습니다. 그럼에도 불구하고 제가 이걸 보여 드린 건 그냥 넘어가서는 안 될 일이라고 믿었기 때문입니다."

이민준은 저도 모르게 뭉클한 기분을 느꼈다.

사회적 이미지 때문이었는지, 아니면 TV에서 비치는 모습 때문이었는지는 모르지만, 변호사는 모두 사기꾼이라고 생각하고 있었다.

그런데 장현식은 그런 이민준의 선입견을 모두 깨 버리고 말았다.

이민준은 미소 지으며 말했다.

"아마 모르는 사람이 봤다면 장 변호사님이 검사인 줄 알 것 같습니다."

"후후후! 제가 검사 시절에 꽤 날아다닌 거 잘 모르시죠?"

"그런 일이 있으셨나요?"

"하하! 그렇습니다. 그리고 그 덕에 제 계획보다 일찍 잘리기도 했죠. 모난 돌이 정 맞는다고, 매일같이 윗분들한테 혼났습니다. 흐흐!"

장현식이 장난꾸러기 같은 표정을 지었다.

이민준은 이 사람이 참 좋다고 생각했다.

장현식은 사회적으로 꽤 높은 위치에 있음에도 이민준 앞에서는 가식도 없었고, 권위도 내세우지 않는 사람이었다.

장현식이 미소 띤 얼굴로 말했다.

"어쨌든 이 두 가지 사건, 세밀 정밀 임원들 고소 건과 이인호 씨의 사망 사건에 대해서는 제가 책임지고 확실하게 조사를 하도록 하겠습니다."

"진심으로 감사드립니다."

"그러실 것까진 없습니다. 제가 공짜로 일하는 것도 아니고 D.O.D한테 확실한 보상은 받고 있거든요."

"아니요. 그래도 감사는 해야죠. 아무리 돈을 받는다고 해도 이런 사건 골치 아픈 건 사실이잖아요."

"제가 이래서 이 대표님을 좋아하나 봅니다. 저는 제 공치사해 주는 사람 엄청 좋아하거든요."

"그런가요? 하하하!"

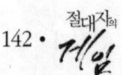

역시나 장현식이란 생각이 들었다.

유쾌하고 즐거운 사람.

이민준은 그런 장현식과 악수를 하고는 사무실을 벗어났다.

"어? 이 대표님!"

장현식 법무법인이 자리를 잡은 건물 지하 주차장이었다.

반가운 얼굴로 달려온 사람은 다름 아닌 임재식 과장이었다.

"임 과장님? 주말인데도 출근하시는 건가요?"

임재식이 어깨를 풀듯 돌리며 말했다.

"아니요. 아닙니다. 오늘은 쉬는 날이 맞긴 한데, 집에 있으려니 좀이 쑤셔서요."

"그러셨군요."

이민준은 임재식과 서로의 안부를 주고받았다.

정일석 사건을 처리하면서 함께 겪은 일 때문에 급속하게 친해진 덕분이었다.

그러다 문득 떠오른 게 있었다.

"참! 임 과장님, 혹시 임 과장님이 아시는 분 중에 사설로 정보를 알아봐 주시는 분이 있으신가요?"

"어? 그런 건 제 전문 분야인데요?"

"그렇긴 하죠. 그래도 임 과장님은 장 변호사님 사무실에서 일하시니까요. 저는 개인적인 부탁을 할 사람이 필요합니다. 될 수 있으면 천안과 가까운 쪽에 계신 분으로요."

"그래요? 그렇다면……. 아! 잠시만요."

임재식이 무언가 떠올랐다는 듯한 얼굴로 자신의 가방을 뒤적였다.

"여기 있네! 여기 있군요."

그러고는 검은색 명함 하나를 꺼내어 내밀었다.

"한 반년 전인가? 사업을 시작한 동생 놈입니다. 형사 시절에 저한테 잡혀서 감옥을 갔다 온 녀석인데, 성격도 나쁘지 않고 인성도 밝은 놈입니다. 물론 감옥도 지저분한 일로 간 게 아니라 자신의 죄를 뉘우치고 갔다 온 거고요."

이민준은 명함을 전해 받았다.

"새마음 심부름센터라……."

"거기 사장인 놈인데, 어릴 적에 부모에게 버림받고 잘못된 길로 들어선 녀석이에요. 마음이 여린 탓에 못된 친구들에게 속아서 하지 말아야 할 짓을 했죠. 하지만 저를 만나고 많이 뉘우쳤어요. 피해를 본 사람들에게 모두 사죄도 했고요."

"그래요?"

이건 좀 의외의 말이었다.

하기야.

세상에는 망가진 가정으로 인해 잘못된 길을 들어서는 이들이 꽤 있었다.

그리고 그런 이들이 다시 정상인의 길로 들어서는 데는 엄청나게 많은 걸림돌이 있기도 했다.

특히나 피해자들이 그랬다.

아무리 죄를 진 사람이 뉘우쳤다고 해도, 그들의 잘못으로 인해 피해를 본 사람들의 상처는 결코 씻을 수 없으니 말이다.

그런데 임재식이 소개해 준 심부름센터의 사장은 그리도 어렵다는 속죄의 길을 걸었다는 거다.

문득 어떤 사람일까 하는 궁금증도 생겼다.

"지금도 자신의 잘못된 인생을 씻어 나가기 위해 봉사도 많이 하고, 주변 청소년들의 멘토 역할도 하는 놈이거든요. 그 녀석은 제가 보장합니다. 한번 찾아가 보세요. 전화해 놓겠습니다."

임재식이 이렇게까지 말한다면 믿을 만한 사람일 거다.

더군다나 사무실의 주소지도 평택이고 말이다.

앨리스와 관련된, 아니 현실 이름으로 편성지와 관련된 일을 알아보기 위한 거니까.

그녀의 부모님이 사는 집은 평택과 안성의 경계 지점이라고 했다.

임재식이 소개해 준 곳이 가장 안성맞춤일 거란 소리다.

"감사합니다, 임 과장님."

"후후! 뭐 이런 일 가지고요. 부탁하실 일 있으면 언제든 연락해 주세요. 그럼 조심히 내려가시고요."

"네. 다음에 뵙겠습니다."

임재식과 인사한 이민준은 평택을 향해 출발했다.

끼이익-

이민준은 차를 세웠다.

탁-

차에서 내리자 익숙한 시골 냄새가 났다.

"와."

차를 타고 지나온 평택은 크지는 않았지만 그래도 도시의 모습을 갖춘 동네였다.

그런데 내비게이션이 안내한 주소는…….

"여긴 완전 시골이네."

이전에 임재식 과장과 함께 찾아갔던 용인과도 비슷한 모습이었다.

역시 대도시를 제외한 도시 대부분의 외곽은 아무래도 이런 시골 풍경이 맞을 것이다.

'그나저나 사무실이…….'

이민준은 근처를 둘러보았다. 그러자 주황색으로 칠해진 컨테이너가 여러 개 눈에 들어왔다.

'저기구나.'

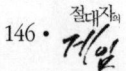

만약 시력이 좋지 못했다면 찾지 못했을 거다.

그럴 만큼 컨테이너에 걸린 간판이 작았으니 말이다.

이민준은 비포장길을 걸어 컨테이너로 다가갔다.

'뭐야?'

컨테이너 옆에는 트랙터와 굴착기 같은 중장비도 서 있었다.

'그러고 보니……'

컨테이너에 걸린 간판은 하나가 아니었다.

⟨새마음 중장비⟩
⟨새마음 농사 도움터⟩

"흐음."

이민준은 고개를 끄덕였다.

솔직히 누가 이런 시골까지 심부름을 시키려고 찾아올까?

아마도 새마음 심부름센터의 사장인 지혁수는 돈을 벌기 위해 여러 가지 일을 함께하고 있는 거 같았다.

문을 두드리기 위해 손을 들어 올리려던 찰나였다.

삐걱-

문이 열리며 체격이 좋은 사내가 모습을 드러냈다.

"혹시 이 대표님이신가요?"

말끔하게 생긴 사내였다.

"지혁수 사장님?"

"예. 맞습니다. 재식이 형님이 전화 주셨었는데, 맞죠? 이민준 대표님."

"맞습니다. 반갑습니다."

"아이고! 반갑습니다. 들어오시죠."

이민준은 지혁수를 따라 컨테이너로 들어갔다.

겉에서 보기와는 달리 뜻밖에 깔끔하게 정리된 사무실이었다.

부스럭- 부스럭-

안으로 들어서자 커다란 덩치를 가진 사내들이 새침한 새색시처럼 눈치를 보며 일어섰다.

"아! 놀라지 마세요. 저희 직원들입니다. 그리고 절대 나쁜 애들 아닙니다. 생긴 게 이래서 그렇지, 일 열심히 하는 애들입니다."

"그렇군요."

누가 봐도 나이트나 주점 앞에서 양복을 입고 서 있을 사내들 같았지만 이민준은 신경 쓰지 않았다.

"이쪽으로 앉으시지요."

깔끔한 소파였다.

탁-

이민준이 소파에 앉자 지혁수가 에너지 드링크를 탁자에

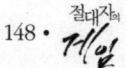

놓아 주며 맞은편에 앉았다.

"재식 형님께 이야기 들으셨죠? 제 이야기 말입니다."

이민준은 음료수의 뚜껑을 따며 대답했다.

"네. 들었습니다."

"이 친구들도 그렇습니다. 새로운 인생을 살고 싶어 하는 녀석들이죠. 그래서 말씀드리고 싶었습니다. 어떤 일을 시키실지는 모르지만, 될 수 있으면 합법적인 일이었으면 좋겠습니다."

이민준은 고개를 끄덕였다.

어쩐지 처음부터 걱정하는 표정이었다.

아무래도 자신은 임재식에게 소개를 받은 손님이었으니, 어려운 부탁을 쉽게 물리지는 못할 거로 생각한 거 같았다.

이민준은 미소 지으며 말했다.

"그래서 중장비도 하시고, 농사일도 하시는 거군요."

"후후후! 맞습니다. 심부름센터가 불법적인 일을 안 하니 큰돈은 안 벌리더군요. 그렇다고 실력을 의심하진 마세요. 나름 학교 다녀오면서 많은 걸 배웠습니다. 아! 당연히 일하면서 불법을 저지르지는 않지만요."

"그렇군요."

이민준은 지혁수가 하는 말을 알아들었다.

그가 말하는 학교란 건 분명 감옥을 이야기하는 걸 거다.

감옥에 있다 보면 오히려 더 많은 범죄를 배운다는 말을 들은 적이 있었다.

지혁수는 그 후에도 자신의 사업체에 대한 여러 가지 이야기를 해 주었다.

그리고 그중 몇 가지는 방황하는 아이들에 관한 이야기였는데, 이곳에 컨테이너가 많은 이유가 그것이었다.

폭력 가정이나 빈곤 가정 아이들을 올바르게 보호하고 도와주는 일.

지혁수는 생각했던 것보다 더욱 괜찮은 사람이었다.

이민준은 이 사람에게 일을 맡겨도 문제가 없을 거란 결론을 내렸다.

"편성지 씨란 말이죠?"

"맞습니다. 이 친구의 부모님에 대해서 알아봐 주세요. 그리고 익명의 기부자를 통해서 큰돈을 전달해 주고 싶은데, 방법도 좀 알아봐 주시고요."

"얼마나 전달하실 생각이신데요?"

"한 5억 원에서 10억 원 정도요."

"그, 그렇군요."

액수를 들은 지혁수가 살짝 놀란 얼굴을 했다.

그럴 만도 하겠지.

하지만 이게 끝이 아니었다.

앨리스는 자신의 부모님에게 거의 100억 원에 가까운 돈을 보내 드리고 싶어 했다.

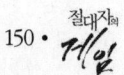

그녀의 위치라면 게임 안에서 돈에 대한 걱정은 거의 없을 테니까.

아마 이민준이 같은 입장이었어도 그렇게 했을 거다.

"알겠습니다. 이 정도라면 그다지 어려운 일은 아니네요."

전체적인 내용을 확인한 지혁수가 밝은 표정으로 대답했다. 합법적으로도 손쉽게 끝낼 수 있는 일이니까 그런 걸 거다.

"그럼 연락 기다리겠습니다."

"예. 조심히 들어가세요."

이민준은 지혁수와 덩치들의 인사를 받으며 사무실을 나왔다.

차로 향하며 저도 모르게 어깨가 으쓱해졌다.

엄청난 덩치들의 배웅을 받는다는 게 조금은 간지러웠기 때문이다.

우우웅-

이민준은 차를 몰아 넓은 마당을 가진 음식점으로 들어섰다.

"와! 세상에! 이게 뭐야? 궁전이야?"

여러 가지 불빛으로 아름답게 꾸며진 한옥 건물을 보며 이민서가 입을 떡하고 벌렸다.

"민준아, 여긴 비싼 데구나."

도서경도 살짝 놀란 눈치였다.

하지만 그녀는 이민서처럼 호들갑을 떨지는 않았다.

격식 있는 삶을 살아온 도서경이다.

그런 그녀였기에 이런 상황을 조심스럽게 받아들이기도 했다.

그런 만큼 이민준을 믿고 있었으니 말이다.

탁-

"으히히! 이게 얼마 만이야?"

"그러게. 옛날에 아빠 손잡고 와 보고는 처음이다. 그치?"

쌍둥이들이 들뜬 얼굴로 차에서 내렸다.

"어서 오세요. 예약하셨죠?"

곱게 한복을 차려입은 매니저가 문밖까지 마중을 나왔다.

"네. 이민준이란 이름으로 예약했습니다."

"이쪽으로 오시죠."

매니저가 안내했다.

그때였다.

드으으으-

휴대 전화기가 울렸다.

"먼저 올라가세요. 저는 전화를 좀 받고 올라갈게요."

"그래. 그러럼."

고개를 끄덕여 준 도서경이 아이들과 함께 안으로 들어

갔다.

이민준은 그제야 전화기를 꺼내어 확인했다. 전화를 건 사람은 다름 아닌 오후에 만난 지혁수였다.

"네. 이민준입니다."

(이 대표님, 저 지혁수예요.)

"말씀하세요."

(편성지 씨의 부모님을 찾았습니다. 여전히 그 주소에 살고 계시고, 두 분 다 건강하십니다.)

"다행이군요."

(그리고 또 다른 내용도 있습니다. 편성지 씨에 관한 내용이요.)

그래. 맞다.

이민준은 될 수 있으면 편성지의 죽음에 대해서도 알아봐 달라고 부탁도 했었다.

앨리스, 그녀는 죽은 걸까? 아니면 뇌사 상태로 병원에 입원해 있는 걸까?

"네. 어떻게 되었습니까?"

이민준은 수화기 너머의 목소리에 집중했다.

(그분 뇌사 상태라고 하더군요. 그 상태로 지내신 지가 꽤 되었나 봐요.)

이민준은 심장이 쿵! 하고 울리는 것 같았다.

뇌사 상태다.

그렇다는 건 편성지가 죽어서 무덤에 묻히거나 화장당한 게 아니라는 소리일 거다.

그 생각이 맞는 걸까?

"그럼 현재 병원에 입원 중인 건가요?"

(네. 맞습니다. 수원에 있는 아성 대학 병원에 입원 중이십니다. 후우! 편성지 씨 부모님도 정말 대단하십니다. 그런 상태인 딸을 빚까지 져 가며 포기하지 않고 계시니 말입니다.)

이민준은 고개를 끄덕였다. 지혁수의 말이 이해가 되었기 때문이다.

문득 앨리스에게 들었던 이야기가 떠올랐다.

현실의 편성지는 어려운 가정환경에서 자랐다고 했다.

더군다나 그녀의 부모님은 일용직에 가까운 일을 하고 계셨기에 버는 돈이 그다지 많지도 않았다.

그렇게나 어려운 환경에도 불구하고 편성지의 부모님은 그녀를 포기하지 않은 거다.

뇌사 상태인 사람을 살려 놓기 위해선 병원비가 꽤 많이 들어감에도 말이다.

그만큼 딸에 대한 사랑이 깊다는 의미일 것이다.

"확인은 하신 건가요?"

(네. 제가 직접 수원에 가서 확인했습니다. 비록 수척해 보이기는 했지만, 제가 구한 자료의 사진과 비교해 보니 편

성지 씨가 맞더군요.)

"고생하셨습니다."

(후후후! 고생은요. 그다지 어려운 일도 아니었는데요. 그럼 저는 이만 끊겠습니다. 언제든 일거리가 생기면 연락해 주세요.)

"그러겠습니다. 그렇지 않아도 조만간 편성지 씨 부모님께 돈을 드릴 방법을 찾아야 하니까요."

(그건 저희가 머리를 맞대어 짜내 보겠습니다. 뭐, 선량하고 합법적인 사기라면 또 저희 쪽에 전문가가 있거든요.)

"알겠습니다. 기대하겠습니다."

(염려 마십시오, 이 대표님. 그럼 연락 기다리겠습니다.)

간단히 인사를 끝낸 이민준은 통화 종료 버튼을 눌렀다.

"후우!"

저도 모르게 벅찬 감정이 솟아올랐다.

루나 때와는 또 다른 감정이었다.

당시 루나의 죽음을 들었을 때는 그저 슬픈 감정으로만 가득했었으니까.

하지만 앨리스는 달랐다.

그래.

현실 이름 편성지.

그녀는 살아 있는 거다.

그리고 그녀가 살아 있다는 건 자신의 힘으로 그녀를 현실로 데려올 수도 있다는 뜻이었다.

 게임을 더욱 열심히 해야 할 이유가 하나 더 생긴 거다.

 이민준은 문득 앨리스를 떠올렸다. 그러자 설레는 감정이 들었다.

 '앨리스, 기다려요. 내가 당신을 꼭 살려 줄 테니까.'

 이민준은 주먹을 굳게 쥐며 다짐했다.

 촤아악-

 로비에 만들어진 커다란 분수에서 시원한 물줄기가 뿜어져 나왔다.

 아래층 로비가 환하게 보이는 방이었다.

 넓은 식탁에는 각종 음식이 잔뜩 놓여 있었는데, 고급스러운 접시에는 참돔 회가 썰려 있었고, 각자 앞에 놓인 1인용 화로에는 1등급 한우가 올려져 있었다.

 지글지글-

 "이야! 역시 한우는 이렇게 육즙이 살아 있어야지! 호호호!"

 "냠냠! 떠들 시간이 어딨어?"

 "아앗! 회를 한꺼번에 세 개씩이나 퍼서 먹다니! 야만인!"

 "으흐흐! 냠냠."

 음식을 앞에 둔 쌍둥이들은 그야말로 치열한 전쟁을 벌이고 있었다.

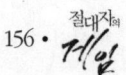

"천천히 먹어. 부족하면 더 시키면 되지."

"우와! 정말? 우리 오빠 완전 멋쟁이네! 호호호! 아구!"

이민서가 상추쌈을 한가득 문 채로 엄지손가락을 척 하고 올렸다.

이민서가 일 년에 한 번도 올리기 어렵다는 1엄지척인 거다.

아마 이게 게임이었다면,

띠링-

[이민서 님으로부터 1엄지척을 얻으셨습니다.]

라는 문구가 뜰 것만 같았다.

'후훗.'

이민준은 속으로 웃었다.

하여간 먹는 것 앞에선 한없이 작아지는 녀석이었다.

옆에서 두 사람의 모습을 지켜본 이민철이 고개를 흔들며 말했다.

"너 나중에 남자 만날 때 조심해라. 먹을 거 많이 사 준다고 무턱대고 따르지 말고."

"어머어머! 이거 왜 이러셔? 내가 그렇게 분별력 없는 여자로 보이시나?"

"응. 너 분별력 없어!"

"이씨! 이민철 너?"

"어어? 이게 또 오빠한테 반말이야?"

"얘들아, 밥 먹을 땐 점잖게 먹으랬지?"
"으윽! 네, 네, 어머니."
"조심하겠습니다."
천방지축인 녀석들이었지만, 도서경의 말 한마디엔 쩔쩔 매는 녀석들이기도 했다.
그런 만큼 도서경의 집안 교육은 엄격했다.
'역시 우리 어머니!'
이민준은 그런 어머니가 정말 좋았다.
"어머니, 한 잔 드세요."
"그럴까?"
쪼르륵-
이민준은 어머니의 잔에 부드러운 청하를 채웠다.
"우리 아드님도 한잔할래?"
"그럴까요?"
이민준도 잔을 집어 들었다.
"어어? 오빠가 술을 마시면 운전은 누가 해?"
"술 안 마신 사람이 하면 되지."
"서, 설마 이민철?"
이민서가 눈을 동그랗게 떴을 때였다.
드르륵-
"으아! 제가 늦은 건 아니죠?"
문이 열리며 덩치가 큰 성창식이 헐레벌떡 뛰어 들어왔다.

"왔네. 오늘의 운전사."

이민준은 웃으며 어머니가 따라 준 술을 들이켰다.

성창식의 등장에 조금 시끄러워지기는 했지만, 그래도 금방 평화를 찾으며 모두가 식탁 위에 있는 음식 비우기에 몰입했다.

사실 성창식은 오늘 서울에 일이 있었다.

아버지와의 식사 약속 말이다.

그러던 중 이민준의 가족이 외식한다는 말을 듣고는 심각한 고민에 빠졌다.

'그래! 누가 뭐라 그래도 나도 이 집의 가족인데!'

물론 서울에도 가족은 있었다.

아버지와 새엄마.

당연히 아버지와 새엄마를 싫어하는 건 아니었지만, 새로운 가정을 꾸린 아버지에게 부담을 드리는 것 또한 싫었다.

여러 가지로 머리를 굴린 성창식은 아버지와의 식사 약속을 앞으로 당겼다.

식사는 간단한 걸로.

될 수 있으면 후식은 시원한 걸로.

그렇게 빠른 저녁을 먹은 성창식은 아버지와의 짧은 해후를 마치고는 번개 같은 속도로 내려왔다.

아버지가 서운해하긴 하셨지만, 그래도 아버지에겐 또 다른 가족이 있으니까.

새엄마와 그녀가 데려온 자식들 말이다.

"으흐흐! 좋다."

그렇게 이민준 가족의 외식 자리에 동석하니 이제야 마음이 놓이는 기분이었다.

"차는 놓고 왔지?"

이민준의 물음에 성창식이 고개를 끄덕이며 대답했다.

"응? 어. 택시 타고 왔지. 대표님 지시 사항인데 어길 수가 있어야지."

"고맙다. 역시 너밖에 없다."

"당연히 나밖에 없지! 흐흐!"

웬만해선 이런 부탁을 잘하지 않는 이민준이다.

그런 만큼 오늘은 특별한 날이었으니까.

이민준은 오늘만큼은 대리운전을 부르는 한이 있더라도 어머니와 술 한잔을 기울이고 싶었다.

그런데 타이밍 좋게도 성창식이 저녁 식사 자리에 참석하겠다고 연락을 해 온 거다.

그래서 오늘은 어머니와 술 한잔할 거고 대리운전을 부를 거라고 말하니, 성창식이 극구 자신이 운전해 주겠다며 고집을 부렸다.

서울에서 내려오면서 성창식과 통화를 한 거니까.

성창식도 오늘이 이민준에게 어떤 날인지를 아는 거다.

정말 고마운 친구였다.

얼추 식사가 다 끝나 갈 때였다.

"어머니, 한 잔 더 하세요."

"어머! 오늘은 좀 많이 마셨는데? 후우! 그래도 아들이 주는 술인데 안 받을 수가 있어야지. 호호! 자, 우리 아들도 받아."

도서경과 이민준의 술잔이 찼다.

성창식이 아쉬운 눈빛을 보냈지만, 녀석과는 천안에 가서 따로 마시기로 약속했으니 조금은 덜 미안했다.

도서경과 술잔을 부딪치기 전이었다.

"어머니, 드릴 말씀이 있어요."

"음? 그래. 뭔데?"

술잔을 든 채로 도서경이 궁금하다는 듯 눈빛을 빛냈다.

이민준은 조심스러운 마음으로 말했다.

"오늘 장 변호사님을 만났어요. 그리고 최종적으로 어머니의 채무가 모두 변제되었다는 소식을 들었고요. 소송에서 이겼거든요."

방 안에 잠시의 침묵이 흘렀다.

그동안 가족들이 빚 때문에 고통받았던 세월이 있었으니까.

그런데 오늘에서야 이들을 괴롭혔던 빚이 최종적으로 사라진 거다.

"어머! 이걸 어떻게 해? 흑흑!"

가장 먼저 눈물을 보인 사람은 이민서였다.

녀석의 눈에서 눈물이 줄줄 샜다.

"와아! 진짜! 후아!"

이민철은 울지 않기 위해 손부채를 만들어 눈물을 말렸다.

"정말 좋은 소식이구나."

뜻밖에도 도서경은 담담한 얼굴이었다.

"그렇죠? 정말 좋은 소식이죠?"

"그래. 우리 장남, 그동안 고생 많았다. 하늘에 계신 너희 아버지가 이 소식을 들으시면 정말 기뻐하실 거야."

물론 도서경의 눈이 벌겋게 변한 건 사실이었다.

하지만 그럼에도 도서경은 눈물을 흘리지 않았다. 그녀는 한쪽 주먹을 꽉 쥔 채로 눈물을 참고 있었다.

이민준은 기분 좋게 미소 지었다.

어머니가 강해지겠다고 마음먹은 걸 알고 있었으니까.

다시는 가족들 앞에서 약한 모습 보이지 않겠노라 다짐하신 것도 잘 알고 있었고 말이다.

"오늘은, 오늘은 정말 좋은 날이네. 엄마가 조금 취해도 괜찮겠지?"

"그럼요, 엄마. 당연하죠."

이민준은 행복한 마음으로 도서경의 잔을 다시 채워 주

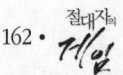

었다.

쪼르륵-
투명한 술잔에 소주를 채웠다.
지글지글-
불판에서는 잘게 잘린 곱창이 익어 가고 있었다.
이민준과 성창식은 포장마차에 앉아 있었다.
얼굴이 벌게진 성창식이 이민준보다 더 기뻐하는 표정으로 말했다.
"정말 축하한다, 민준아. 정말 축하해!"
"고맙다, 친구야."
짱-
이민준도 미소 지으며 성창식과 건배를 했다.
오늘은 여러모로 기분 좋은 날이니까.
꿀꺽-
이렇게 마시는 소주는 꽤 달콤했다.
그러다 문득 드는 생각이 있었다.
이민준은 성창식을 정면으로 바라보며 물었다.
"아버님이 서운해하지 않으셨어?"
"음? 우리 아버지? 뭐, 몰라. 그날 이후로 서로 길게 이야기해 본 적은 없으니까. 그냥 아들과 아버지지. 서로 서운할 게 어디 있겠어."

아버지의 이야기가 나오자 성창식의 표정이 어두워졌다.

성창식은 어머니가 돌아가시고 얼마 지나지 않아 새로운 가정을 꾸린 아버지를 조금은 미워하고 있었다.

물론 그렇다고 해도 아버지다.

대학 선수 시절 사고 때도 자신을 돌봐 준 사람이 아버지고, 치료 이후 할 일이 없어진 자신을 다독여 사업하라고 밀어준 사람도 아버지였으니까.

하지만 성창식에겐 딱 거기까지였다.

아버지가 새로 가정을 꾸린 일 때문에 서로 조금은 어색한 관계가 되어 버린 거다.

이민준은 걱정스러운 눈으로 성창식을 바라보았다. 그러자 성창식이 고개를 흔들며 말했다.

"왜 그래? 너도 알잖아. 아버지랑 나. 뭐, 우리가 모르는 사람처럼 지내는 것도 아니고. 그러니 신경 쓰지 마."

어떻게 신경이 쓰이지 않겠는가?

가장 친한 친구의 일인데 말이다.

하지만 그렇다고 해서 부자간의 일에 억지로 끼어들기도 어려운 거다.

'그래. 창식이가 잘 알아서 하겠지.'

이민준은 고개를 끄덕였다.

당연한 이야기지만 성창식이 아버지와 관계를 개선할 기회가 생긴다면 언제고 도와줄 생각이었다.

그렇다고 지금 당장은 아니니까.

"자, 이민준! 한 잔 받아라. 내 걱정 하지 말고 오늘의 기분을 즐기자. 나 정말 기쁘다."

성창식이 소주병을 내밀었다.

"그래, 인마. 고맙다. 그리고 네 말처럼 오늘을 즐기자."

이민준도 기분 좋게 성창식이 따라 주는 소주를 받았다.

❈ ❈ ❈

후으윽-

게임으로 들어왔다.

바깥은 어두운 밤이었고,

달그르륵-

이민준은 마차 안에 있었다.

정면을 바라보았다.

앨리스는 눈을 감은 채 잠이 들어 있었다.

이걸 깨워서 이야기해 줘야 하나?

당신은 살아 있어요.

당신의 부모님이 당신을 지켜 주고 있었더군요.

이 말을 해 주었을 때 앨리스는 과연 어떤 반응을 보일까?

막 그런 생각을 하고 있을 때였다.

휘리릭-

창문을 통해 들어온 하얀색 하니아가 날갯짓을 하며 주변을 어슬렁거리더니, 이내 이민준의 몸으로 들어왔다.

'아!'

그러고 보니 현실로 가기 전에 카소돈에게 하니아를 보냈었다.

멸망에 관한 이야기를 해 주어야 했기도 했고, 또 다른 부탁도 해야 했기 때문이었다.

그리고 또 다른 부탁이란 혹시 황궁에 들러 줄 수 있는가에 대한 물음이었다.

이건 여황제의 부탁이었다.

앨리스를 통해서 전달된 사항인데, 이번 일과 관련해서 할루스의 성직자와 이야기를 나누고 싶다는 것이다.

'어떻게 되었으려나?'

사실 카소돈 입장에서는 황궁 방문이 내키지는 않을 거다.

황궁은 교황청이고, 그 교황청은 다른 신도 아닌 디보데오 신을 모시는 곳이니까.

바로 할루스의 봉인에 앞장선 디보데오 말이다.

어쨌든 카소돈이 결정하는 거다.

이민준은 조심스러운 마음으로 메시지를 열었다.

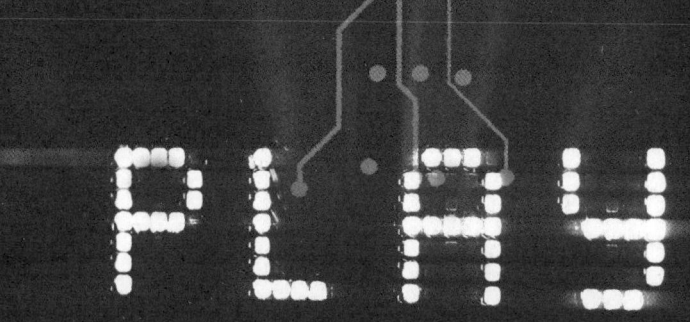

제6장

그날의 기억

카소돈의 메시지는 간단한 축하 인사로 시작되었다.

자신이 예상했던 것보다 더욱 큰 성과를 이루었으며, 이번 일로 인해 많은 것이 변할 거라는 칭찬의 말도 포함되어 있었다.

이민준은 흡족한 마음으로 미소 지었다.

다른 사람도 아닌 카소돈의 칭찬이다.

물론 한때는 야설 제작자로 오해하기도 했지만, 알고 보면 할루스 교의 가장 권위 있는 성직자가 아니던가?

'그나저나……'

이민준은 아래쪽 메시지를 눈으로 훑었다.

가장 궁금했던 건 카소돈이 황궁에 방문할 것인가였다.

물론 이 부분에 대해서는 이민준도 100퍼센트 안심을 하는 건 아니었다.

주신의 전사를 포함해서 주신의 사제까지 황궁을 방문하는 일이다.

디보데오 교 입장에선 꽤 자존심이 상하는 일일 것이다.

아무리 교황청의 힘이 약해진 시점이라고 해도 디보데오 신도들의 권력까지 약해진 건 아니니까.

이민준은 고심하며 메시지를 봤다.

'여기 있네. 어떤 결정을 하셨으려나?'

이민준은 카소돈의 기나긴 메시지 중 그의 결정이 담긴 부분을 확인했다.

[제가 황궁을 방문하는 건 어려운 일입니다. 하지만 그럼에도 쉽게 포기하지 못하는 건 여황제의 초대가 어떤 의미를 내포하고 있는지를 알고 있기 때문입니다.]

'여황제의 초대에 다른 뜻이 있다고?'

이민준은 고개를 갸웃하며 메시지를 계속 읽었다.

[분명 한니발 님의 활약 덕분에 멸망의 위협이 사라진 건 맞습니다. 하지만 아침이 찾아왔다고 하여 밤이 영원히 없어지는 건 아닙니다.]

멸망의 위협이 완전히 사라진 게 아니라는 건가?
뭔가 답답한 기분이 들었다.

[여황제의 초대는 이런 이유 때문일 겁니다. 앞으로 일어 날지도 모를 멸망의 부활을 원초적으로 막는 일. 저는 그런 여황제의 초대를 거절할 수가 없군요. 그래서 황궁을 방문하기로 했습니다.]

이민준은 고개를 끄덕였다.
그러고 보니 여황제가 부탁한 퀘스트는 여전히 활성화되어 있었다.
'비석의 정체와 예언의 다음 단계에 관한 정보를 여황제에게 전달하라.'
이것이 여황제의 퀘스트였다.
그리고 앨리스를 통해서 비석의 정체를 여황제에게 알려 주기도 했다.
하지만 그럼에도 퀘스트는 해결되지 않았다.
그렇다는 건 여전히 예언의 다음 단계가 있다는 뜻이기도 할 것이다.
'그래. 확실히 뭔가가 있긴 있구나.'
이민준은 모든 것이 끝난 게 아니라는 걸 직감했다.
카소돈 또한 그렇게 말하고 있었고 말이다.

'그래서 위험을 무릅쓰고 황궁을 방문하겠다는 거겠지?'

역시 카소돈은 대륙의 운명을 진심으로 걱정하는 진실한 성직자 같았다.

생각을 털어 낸 이민준은 메시지를 마저 확인했다.

[그리고 이번 황궁 방문에는 루나와 에리네스가 동행을 할 예정입니다.]

'그렇단 말이지?'

오랫동안 보지 못한 루나도 함께 온다니 잘됐다는 생각이 들었다.

이민준은 지붕에 있는 크마시온에게 텔레파시를 보냈다.

-루나가 황궁으로 온다네.

-오오! 정말입니까?

-응. 카소돈 님과 함께 황궁으로 올 예정인가 봐. 너랑 새나가 더욱 신경 써서 경호하도록 해!

-으흐흐! 여부가 있겠습니까? 루나 님이라면 제가 밀착 경호를 하지요. 이 까탈스러운 베닝 님보다야 한 2천 배는 편한 분이니까요.

-후후! 알았다.

하기야.

아서베닝은 성격이 까다롭기로 유명한 블랙 드래곤이다.

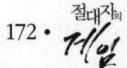

그런 녀석의 수발을 들으려니 크마시온도 죽을 맛인 거다.

"야! 뭔데 그런 눈을 하고 있어? 무슨 기분 좋은 일이라도 있는 거야? 어?"

"아, 아닙니다! 베닝 님! 절대 그렇지 않습니다!"

"너? 나를 부르크 마을에 버리고 간다고 벌써부터 신 난 거냐?"

"그, 그럴 리가 있겠습니까? 어험!"

"하아! 아무래도 수상한데."

피식-

이민준은 두 녀석의 투닥거림에 저도 모르게 웃고 말았다.

저렇게 싸우고는 있어도 아서베닝도 나름 잠시의 헤어짐을 아쉬워하고 있을 거다.

잠시 창밖을 보며 생각을 정리하고 있을 때였다.

"어머? 벌써 갔다 오신 거예요?"

조용하게 잠에서 깬 앨리스가 눈을 비비며 물은 거였다.

"아! 앨리스 님, 깨셨군요."

잠에서 막 깨어난 모습이었음에도 앨리스의 아름다움은 더욱 빛을 발하고 있었다.

"조금 더 주무시지 그래요?"

"아니요. 괜찮아요. 별로 피곤하지도 않은걸요."

고개를 끄덕인 이민준은 조심스럽게 앨리스의 얼굴을 살폈다.

앨리스도 현실 일을 궁금해하고 있겠지?

시간을 끌어서 뭐할까?

빨리 말해 주는 게 좋을 것 같았다.

막 말을 꺼내려던 찰나였다.

"참, 한니발 님."

"네?"

"우리 함께 있을 때는 서로 편하게 부르는 게 어떨까요? 서로 무슨 님, 무슨 님 하며 존칭을 사용하니 괜스레 부담스럽네요."

그건 이민준도 전부터 생각하고 있던 거였다.

"좋아요. 그렇게 하죠, 앨리스."

"저도 좋아요, 한니발. 호호! 훨씬 부르기도 편하고, 듣기도 좋네요."

이민준은 고개를 끄덕여 주었다.

'후우.'

속으로 숨을 내뱉은 이민준은 다시금 말을 꺼냈다.

"앨리스."

"네?"

"앨리스 부모님에 관한 소식을 가지고 왔어요."

"아!"

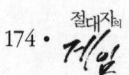

표정 관리를 잘하는 앨리스도 부모님 이야기에는 그만 놀란 얼굴을 하고 말았다.

잠시 충격을 삭일 시간은 필요하니까.

상황을 지켜본 이민준은 앨리스가 진정된 것을 확인하고는 말을 이었다.

"결론부터 말씀드리면 두 분 다 건강하세요. 앨리스가 말해 준 주소에 여전히 살고 계시고, 일도 잘 다니고 계시더군요."

"그래요? 아아! 정말, 정말 다행이네요."

부모님이 건강하게 잘 지내고 있다는 말 때문이었는지 앨리스의 얼굴에 미소가 떠올랐다.

앨리스가 현실과 연결이 끊어진 건 2011년이었다.

대략 2년 만에 부모님의 소식을 접하는 거다.

그녀의 눈에 눈물이 글썽였다. 당연한 이야기지만 감정이 흔들린 거다.

하지만 여기서 이야기를 멈출 수는 없었다.

결심한 이민준은 진지한 표정으로 말했다.

"그리고 한 가지가 더 있어요."

그러자 앨리스가 놀란 눈으로 쳐다봤다.

"또 다른 게 있다고요?"

"맞아요. 그러니 놀라지 마세요. 앨리스, 당신의 현실 몸은 여전히 살아 있답니다."

"네?"

"현실의 편성지는 뇌사 상태로 병원에 입원해 있어요."

"그, 그럴 리가?"

어찌나 놀랐던지 앨리스가 손을 들어 자신의 입을 막았다.

하마터면 비명을 지를 뻔한 거다.

그래. 당연히 충격적이겠지.

고개를 끄덕인 이민준은 계속해서 말을 이었다.

"앨리스의 부모님이 앨리스를 포기하지 않았어요. 뇌사 상태인 당신을 병원에 입원시켜서 여전히 살려 두고 계셨더라고요."

"세, 세상에. 흐흐흑!"

앨리스의 감정이 그만 무너져 내리고 말았다.

오랜 기간 자신의 죽음을 인정한 채로 게임 속 세상을 살아왔었다. 희망을 잃고는 현실로 돌아갈 수 없음을 인정한 채로 말이다.

그런데 그런 그녀의 현실 몸이 살아 있다는 소식을 들었다.

복잡한 감정이 밀려 올라왔다.

감정이 눈물이 되어 왈칵 울음이 터져 버린 거다.

"흐흐흐흑!"

앨리스는 그만 어린아이처럼 펑펑 울고 말았다.

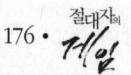

한참을 울고 난 후였다. 눈물을 닦아 낸 앨리스가 이민준을 보며 말했다.

"정말 고마워요, 한니발. 당신이 아니었다면 부모님 소식도 몰랐을 거고, 현실의 제가 살아 있다는 사실도 몰랐을 거예요."

"좋은 소식을 전해 줄 수 있어서 다행입니다."

앨리스가 촉촉한 눈으로 한니발을 바라보았다.

그녀의 눈에 담긴 감정.

이걸 뭐라 말할 수 있을까?

두근-

이민준은 가슴이 떨리고 있음을 깨달았다.

하지만 그렇다고 여기서 앨리스의 감정을 이용할 순 없는 거니까.

'후우!'

속으로 크게 숨을 내뱉으며 감정을 조절했다.

"휘유."

그건 앨리스도 마찬가지였는지 깊은숨을 내뱉은 그녀가 진지한 표정으로 말을 꺼냈다.

"병원비는요? 제가 뇌사 상태로 입원한 거라면 지난 2년간 병원비가 상당히 나왔을 텐데요."

이민준은 고개를 끄덕이며 말했다.

"그렇다고 하더군요. 병원비가 만만치 않은 거 같았어요.

그래서 그랬는지 앨리스의 부모님 빚이 꽤 크더라고요."

 꽈악-

 앨리스가 양 주먹을 굳게 쥐었다. 부모님께 미안한 마음이 들었기 때문일 것이다.

 왜 아니겠는가?

 만약 이민준이 같은 상황이었다면 앨리스처럼 복잡한 감정에 빠졌을지도 모를 일이었다.

 잠시 생각을 정리한 앨리스가 말했다.

 "자꾸 부탁만 해서 정말 죄송해요. 하지만 이대로는 제가 견딜 수가 없을 것 같아요. 제가 부모님께 돈을 드릴 수 있도록 도와주시겠어요?"

 당연한 이야기다.

 그리고 그걸 위해서 이미 심부름센터를 알아보기도 하지 않았던가?

 "물론입니다. 그러니 걱정하지 마세요. 무슨 수를 써서라도 앨리스의 부모님께 돈을 전달하겠습니다."

 "정말 고마워요. 진심으로 감사합니다."

 "후후! 고맙다는 말은 이제 그만하세요. 저 이런 거 부담스러워하는 거 알잖아요."

 "네, 알았어요."

 그제야 앨리스가 환하게 웃었다.

 잠시의 침묵이 이어졌다.

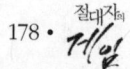

이민준은 창밖을 바라보았다.

달그르륵-

마차는 여전히 빠르게 달리고 있었고, 사막의 밤하늘엔 뿌려 놓은 듯한 별이 가득 담겨 있었다.

※ ※ ※

우우웅-

이민준은 차를 몰아 국도로 들어섰다.

6월 중순이었다.

아직 여름이 되지는 않았지만 20도 후반 기온이 이어지고도 있었다.

더운 날씨였다.

쉬이잉-

에어컨을 틀어 놓은 덕분에 차 안은 분명 시원했다.

"후우."

하지만 그럼에도 이민준은 뭔가 답답함을 느끼고 있었다.

고속도로를 벗어나 국도로 들어서자 저도 모르게 심장이 두근거리기 시작했다.

1년 반 전 아버지와 차를 타고 갔던 바로 그 도로로 들어섰기 때문일 것이다.

'뭔가를 느낄 수 있을까?'

이전과는 달리 조급한 마음이 들기도 했다.

어제 장현식을 만난 후부터 마음먹고 있었던 일이다.

장현식의 자료로 인해 아버지의 죽음이 사고가 아닌 계획된 살해일 수도 있다는 의혹이 제기되었으니까.

이걸 알아보지 않고 넘어간다는 건 있을 수도 없는 일이었다.

자동차로 대략 30분 정도를 더 달린 후였다.

'저기구나.'

드디어 목적지가 눈앞에 보였다.

끼이익-

이민준은 도로 옆에 차를 세웠다.

교차로 바로 전에 공터가 있었기에 차량 흐름에는 아무런 문제가 없었다.

'가 보자.'

탁-

결심을 다진 이민준은 차에서 내렸다.

비록 시간이 흐르긴 했지만 사고 당시가 생생하게 기억났다.

커다란 굉음, 놀란 아버지의 눈, 빙글빙글 돌아가던 세상.

꽈득-

이민준은 주먹을 굳게 쥔 채로 교차로로 다가갔다.

한쪽이 다리와 연결이 된 교차로였는데, 이민준과 아버지가 탄 승용차는 다리 옆 계곡으로 처박혔었다.

반대편에서 달려온 트럭 때문이었다.

'그러고 보니…….'

아버지의 승용차가 일직선으로 박혔다면 저 아래로 떨어질 일은 없었을 것이다.

계곡으로 떨어지는 대신 차량이 다리 쪽으로 밀렸겠지.

그렇다는 건…….

'설마 일부러 핸들을 틀었다는 건가?'

그렇게 생각하니 어제 봤던 장현식의 서류가 머릿속에 떠올랐다.

마치 서류를 복사해 놓은 듯 어제 본 서류의 내용이 그대로 떠오른 거다.

신기한 일이었지만 익숙하기도 했다.

지능을 올린 덕분이니까.

고개를 끄덕인 이민준은 서둘러 떠오른 부분을 확인했다.

그 안에는 사고 당시 트럭 운전사인 추필진의 진술서도 포함되어 있었다.

'너무 놀라 급하게 핸들을 틀었다는 거잖아?'

이민준은 교차로를 확인했다.

'그렇게 쉬워 보이지는 않는데?'

현장에 와 보니 뭔가를 알 것 같았다.

그리고 그건 처음부터 의도하지 않았다면 이민준이 탔던

그날의 기억 • 181

차가 계곡으로 떨어질 수 없었다는 거였다.

그렇게 생각하자,

후욱- 후욱-

오른손이 뜨겁게 달아올랐다.

'설마?'

이민준은 계곡 쪽으로 다가가 보았다.

그러자,

후욱- 후욱-

오른손이 더욱 뜨겁게 달아올랐다.

'아!'

이민준은 무언가를 알 것만 같았다.

그리고 그 무언가는 분명 익숙한 느낌이었다.

'아, 아버지?'

지난 1년 반 동안 미치도록 그리웠던 아버지의 느낌이었다.

'설마, 설마…….'

그리고 여기서 아버지의 기운이 느껴진다는 건 이인호 역시 억울함을 느끼고는 이 세상을 떠나지 못하고 있었다는 뜻이리라.

"아아."

감정이 마구 복받쳐 올라오려는 참이었다.

후으윽-

순간 눈앞이 캄캄해지는가 싶더니 순식간에 시선이 변했다.

빠아아앙-

거대한 경적 소리가 들렸다.

깜빡- 깜빡-

운전석 쪽에서 밝은 빛이 번쩍였다. 덤프트럭이 미친 듯이 달려오고 있는 거다.

'이건? 사고 당시 장면?'

우아아앙-

덤프트럭이 아버지의 차와 부딪치기 일보 직전이었다.

이민준은 달려오는 트럭을 노려봤다.

쾅!

강한 충격과 함께 세상이 뒤집어졌다.

쿠후웅-

마치 시간이 천천히 흐르는 것처럼 차가 느린 속도로 돌기 시작했다.

어지러움이 느껴졌지만 이민준은 최대한 시선을 놓치지 않기 위해 노력하며 아버지를 바라보았다.

이인호는 슬픈 표정을 짓고 있었다.

미안하다.

미안하구나, 아들아.

이런 일이 일어날 줄은 정말 몰랐다.

아버지의 눈은 분명 그렇게 말하고 있는 것 같았다.

이민준은 그런 이인호를 바라보며 소리쳤다.

'아버지! 대체 무슨 일이 있었던 거예요? 이게 대체 어떻게 된 거냐고요!'

있는 힘껏 지른 소리였다.

하지만 목소리는 밖으로 나오지 않았다.

오직 목 안에서만 맴돌고 있을 뿐.

끔찍한 답답함.

이민준은 아버지를 바라보는 일을 그만두지 않았다.

이인호의 슬픈 눈.

그의 눈은 분명 무언가를 말하고 싶어 하는 것 같았다.

'말해 주세요! 제발 말해 주세요!'

악에 받쳐서 힘껏 소리를 질렀다.

그러나 여전히 목소리는 목 안에서만 맴돌고 있을 뿐이었다.

다른 방법이라도 찾고 싶었다.

이렇게 아버지의 영혼과 연결되는 게 쉬운 일은 아니었으니까.

뭔가 방법이 있을 거라 믿었다.

그러나 거기까지였다.

이민준은 자신의 시선이 아버지에게서 점점 멀어지고 있음을 깨달았다.

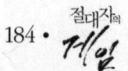

'아버지! 아버지이!'

후우욱-

순간 시간이 빨라졌다.

스윽-

그와 동시에 이민준의 시선이 차를 빠져나왔다.

'아, 안 돼!'

이민준은 공중에 뜬 채로 계곡을 구르고 있는 아버지의 승용차를 바라보았다.

와장창- 콰웅-

차가 계곡의 바닥에 처박히며 처참하게 일그러졌다.

하지만 이민준은 아무것도 할 수 없었다.

그저 공중에 뜬 채로 아버지의 죽음을 바라볼 수밖에 없는 거였다.

'아아!'

수백 개의 바늘이 가슴을 찌르는 것처럼 아팠다. 속이 뒤집어지고, 눈앞이 캄캄해지는 기분도 들었다.

'대체, 대체 왜 이런 일이!'

아득한 기분이 들었다.

그러다 문득 섬뜩한 느낌에 고개를 흔들었다.

콰득-

이민준은 어금니를 꽉 깨물었다.

정신을 차려야 한다.

다시는 떠올리기 싫었던 장면이었지만, 아버지가 이 장면을 보여 주는 데는 분명 이유가 있을 것이다.

'절대로, 절대로 헛되이 시간을 보내서는 안 된다!'

결심한 이민준은 빠르게 주변을 둘러보았다.

그때였다.

철컥-

차 문을 여는 소리가 들렸다.

앞 범퍼가 일그러진 덤프트럭이었다.

'추필진이냐?'

이민준은 차에서 내리는 사내를 노려보았다.

'뭐지?'

차에서 내린 사내는 마스크를 쓰고 있었다.

장현식의 자료에 있던 사진은 실루엣이었으니까.

운전자가 마스크를 쓰고 있는 건 보이지 않았었다.

이민준은 상대의 얼굴을 확인하기 위해 최대한 집중했다.

사내는 마스크로 얼굴의 반을 가리고 있었다.

하지만 그럼에도 이민준은 저자가 추필진이 아니라는 걸 알 수 있었다.

그렇다면 대체 너는 누구인 거냐?

그러고 보니 덤프트럭이 세워져 있는 장소는 CCTV가 촬영을 할 수 없는 사각지대였다.

설마 그것까지 계산한 거라고?

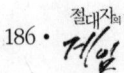

그렇게 생각을 할 때였다.

달칵-

사내가 전화기를 꺼내어 통화 버튼을 눌렀다.

잠시의 시간이 흐른 후였다.

"접니다. 처리했습니다."

사내가 전화기에 대고 한 말이었다.

'세상에!'

이민준은 사내의 목소리를 듣는 순간 망치로 머리를 세게 얻어맞은 것 같은 충격을 받았다.

저자의 목소리.

귀에 익은 목소리였다.

그리고 사내의 목소리는 마치 쇠를 긋는 것처럼 거슬리는 소리이기도 했다.

'맞아! 너구나!'

쉽게 잊히지 않는 목소리다.

그리고 저 듣기 싫은 목소리의 주인공은 바로 정일석을 살해한 그놈이었다.

놈이다.

아버지를 살해한 놈.

그리고 정일석까지 죽인 바로 그놈!

후욱- 후욱-

오른손도 이민준의 생각에 동의한다는 듯 뜨겁게 달아

올랐다.

이 망할 자식아!

네놈이, 네놈이 아버지를 죽였어!

지금이라도 당장 달려들어 놈의 목을 부러트리고 싶었다.

하지만,

'끄으윽!'

몸은 전혀 움직이지를 않았다.

그래. 이건 아버지가 보여 주는 영상일 뿐이니까.

여기서 저놈에게 달려든다고 죽일 수 있는 것도 아니었다.

머리가 어지럽고, 속이 뒤집힐 지경이었다.

하지만 숨을 고르며 참아야 했다.

놈이 누구인지를 알려면 작은 단서라도 놓치지 않아야 하니 말이다.

'크흐윽! 크흐윽!'

이민준은 날뛰고 있는 심장을 진정시키며 사내를 노려보았다.

달깍-

놈이 주머니에서 오래된 시계를 꺼내어 시간을 확인했다.

휴대 전화기를 가진 놈이 주머니 시계로 시간을 확인한다고?

맞다.

예전 정일석이 보여 주었던 장면에서도 마스크 사내는 주머니 시계를 꺼내었었다.

그 둘은 동일 인물이다.

어쩌면 이건 놈의 오래된 습관일지도 몰랐다.

"흐음."

시간을 확인한 놈이 트럭으로 다가갔다.

그러고는,

철컥-

보조석의 문을 열었다.

"야! 그만 처박혀 있고 어서 내려."

놈이 듣기 싫은 목소리로 소리쳤다.

"어? 어, 예."

그러자 허름한 복장을 한 사내가 비틀거리며 차에서 내렸다.

'보조석에 사람이 타고 있었다고?'

하기야.

살인자 놈이 말한 것처럼 상대는 보조석 아래쪽에 숨어 있었던 모양이었다.

그러니 CCTV에 찍히지 않았겠지.

이민준은 차에서 내린 사내를 확인했다.

'추필진?'

그래. 그랬다.

보조석에서 내린 사람은 다름 아닌 추필진이었다.

이 자식들이!

놈들은 이번 일을 철저하게 계획한 게 분명했다.

속이 부글부글 끓었다.

하지만 어쩌랴?

우선은 저들이 하는 짓을 보고 있을 수밖에 없었다.

털썩-

추필진은 반쯤 넋이 나간 표정이었다.

그는 덤프트럭과 계곡 아래에서 올라오는 연기를 번갈아 쳐다볼 뿐이었다.

짝!

그러자 마스크 사내가 추필진의 뺨을 때렸다.

"정신 차리고 시키는 대로 해. 아니면 다 끝일 줄 알아. 알았어?"

"예? 아, 예."

전화기를 전해 받은 추필진은 덜덜 떨고 있었다.

저 둘 사이에 뭔가 알지 못할 사연이 있는 게 분명했다.

"똑바로 해라. 아니면 정말 다 죽는다."

마지막까지 엄포를 놓은 마스크 사내가 빠르게 움직이며 도로 저편으로 달렸다.

CCTV를 교묘하게 피하는 걸로 봐서는 이미 이쪽 지역에 대해서 파악하고 있었던 게 분명했다.

스윽-

추필진이 고개를 내밀어 마스크 사내가 사라진 걸 확인했다.

그러고는,

꾸욱-

전화기의 통화 버튼을 눌렀다.

"여보세요. 경찰서죠? 제가 차 사고를 낸 것 같아요. 예. 여기가 어디냐면……."

아버지가 보여 준 영상은 거기까지였다.

후으윽-

순간 밝은 빛이 비치는 것 같더니 이내 현실로 돌아왔다.

주춤-

이민준은 그만 휘청이고 말았다. 저도 모르게 다리에 힘이 풀린 것이다.

털썩-

바닥에 주저앉았다.

가슴이, 가슴이 미친 듯이 아팠다.

"후웁! 크윽!"

분노? 슬픔? 끔찍함?

대체 가슴속에서 요동치고 있는 이 감정은 무엇이란 말인가?

짜드득-

이민준은 양 주먹을 굳게 쥐었다.

"흐으읍."

울음이 터질 것 같았지만, 어금니를 꽉 깨물어 참았다.

아버지의 죽음에 관한 진실을 눈앞에서 본 거다.

당연히 슬펐고, 당연히 아팠다.

하지만,

"후우!"

이민준은 깊게 숨을 내뱉으며 울음을 참았다.

'아직이다. 이렇게 무너져서 패배자처럼 울지 않을 거다.'

물론 멍한 기분이 드는 건 어쩔 수 없는 일이었다.

병원에서 눈을 뜬 후, 아버지가 돌아가셨다는 소식을 들었을 때 얼마나 많이 울었는지 기억도 나지 않았다.

그저 밤낮으로 우는 게 일이었으니까.

그리고 그때 결심을 하기도 했었다.

다시는 눈물을 흘리지 않으리라.

부스럭-

이민준은 무릎을 꿇은 채로 바닥에 엎드렸다.

부들부들-

굳게 쥔 두 주먹이 심하게 떨렸다.

강한 분노와 슬픔이 몸 밖을 빠져나가지 못해 그대로 몸으로 표현되는 거리라.

팔을 들어 바닥을 내리쳤다.

쿵-

한 번,

쿵-

두 번,

쿵-

세 번.

마치 거대한 망치로 바닥을 내려친 듯 주변이 커다랗게 울렸다.

흙으로 된 바닥이었다.

이민준이 두드린 만큼 바닥이 움푹 파이기도 했다.

되새기고, 되새긴다.

이민준은 조금 전 장면을 머릿속으로 여러 번 돌려 보았다.

분노와 슬픔은 언제고 터트릴 수 있는 감정일 뿐이었다.

지금 중요한 건 아버지를 죽인 범인을 잡는 거다.

냉정해지고, 차가워져야 한다.

감히 우리 가족을 이렇게 비참하게 만든 이들이 있다면 어떻게든 잡는다.

잡아서!

백 배든! 천 배든!

그 죗값을 똑똑히 치르도록 해 주마!

이민준은 바닥에 엎드린 채로 모든 기억을 끌어 올렸다.

※ ※ ※

집으로 돌아왔을 때는 이미 어두운 밤이었다.
"볼일은 잘 보고 온 거야?"
도서경이 걱정스러운 눈으로 이민준을 맞았다.
"네. 좀 늦었죠?"
"큰 사람이 일하는데 시간이 무슨 상관이야. 바깥일 하다 보면 늦을 수도 있고, 또 어찌하다 보면 못 들어올 수도 있고 그런 거지."
역시나 배려심이 넘치는 어머니였다.
이민준은 도서경의 따스한 미소에 무거운 마음이 사르르 녹는 기분이었다.
"그런데 무슨 걱정이 있는 건 아니지?"
최대한 표정 관리를 한다고 생각했다. 하지만 그럼에도 아버지에 관한 충격이 쉽게 가시지 않았던지 얼굴에 담긴 어둠이 완전하게 사라지지 않았다.
"아니에요. 그냥 조금 피곤해서 그런가 봐요."
"그래. 그렇구나. 얼른 따뜻한 물로 샤워부터 해."
"네, 그럴게요."

달칵-

샤워를 끝내고 거실로 나왔을 때였다.

"TV 그만 보고 어서 들어가서 자. 내일 일찍 일어나서 학교 가야지."

"아웅! 주말이 다 가 버렸어."

"아! 역시 고1은 힘들어."

"고1이 힘들긴 뭐가 힘들어? 너희 그러다 고3 되면 어떻게 하려고 그러니?"

"으으! 몰라요. 그때 되면 뭐 또 알아서 하겠죠."

"이 녀석들 공부나 못하면 뭐라고 혼내 줄 텐데 나름 공부도 잘하고, 사고도 안 치니 엄마가 봐주는 거야."

"헤헤헤! 제가 또 머리는 좋잖아요."

"치이! 내가 너보다 머리가 더 좋네요."

"이게 자꾸 오빠한테 반말이야?"

'후후.'

이민준은 거실에서 투닥거리는 쌍둥이들을 보며 미소 지었다.

이곳으로 이사를 오면서 가족들도 많이 안정을 찾았다.

정말 감사할 일이었다.

그리고 이민준은 이런 가족들의 평화를 깨기가 싫었다.

후욱- 후욱-

오른손이 약하게 반응했다. 아직도 아버지의 기운이 느

꺼지는 것 같았다.
'어머니에게 말씀을 드려야 할까?'
문득 그런 생각이 들었다.
꽈악-
이민준은 오른손을 강하게 쥐었다.
'아니야. 말씀을 드려도 모든 일이 해결된 뒤에 드리자.'
아버지가 남기고 떠나신 마지막 가족이다.
집안의 장남으로서 무거운 짐은 혼자 지는 거다.
그것만이 가족의 평화를 지키는 거라고 이민준은 굳게 믿었다.

※ ※ ※

이민준은 황성 귀환 마법 주문서를 사용했다.
그러자,
번쩍-
하얀빛이 밝게 빛나는가 싶더니, 이내 모든 것이 캄캄한 어둠 속으로 사라졌다.
이민준은 잠시 눈을 감았다가 떴다. 그러자 차차 시력이 돌아왔다.
이젠 이런 것도 슬슬 적응되기 시작했다.
"도착했네요."

옆에는 앨리스가 서 있었다.

그녀도 함께 귀환 마법 주문서를 사용했으니까.

이민준은 미소 지으며 고개를 끄덕여 주었다.

순간 이동자를 보호하기 위한 비누 거품 보호막이 깜빡였다.

대기 시간은 20초.

모든 시간이 지나자 우윳빛이었던 보호막이 투명해지며 사라졌다.

그러곤,

"와아아아-!"

엄청난 인파가 소리를 질러 댔다.

"허어."

"세상에."

이민준과 앨리스는 그저 놀랄 수밖에 없었다.

설마 황궁의 외곽에 이렇게나 많은 사람이 모여 있을 줄이야?

이민준은 앨리스를 쳐다봤다. 그러자 앨리스가 어색하게 미소 지으며 고개를 끄덕였다.

앨리스도 예상하지 못했던 일일 것이다.

하지만 막상 황궁에 도착하니 의심이 가는 사람이 있었다.

'아마도 여황제의 깜짝쇼겠지?'

아니나 다를까?

빰빠바밤-

거창한 팡파르가 울리며 바닷길이 열리듯 사람들이 좌우로 갈라졌다.

다그닥- 다그닥-

그러고는 총 20마리의 백마가 이끄는 지붕 없는 마차가 등장했다.

'아… 설마?'

이민준은 고개를 흔들었다.

설마 황궁에 도착하자마자 퍼레이드를 하라는 말인가?

그때였다.

쩌렁-

"여황 폐하 납시오!"

마법을 사용한 듯 거대한 소리가 황궁의 외곽에 울렸다.

스아아악-

거짓말처럼 사람들이 입을 다물었다. 그만큼 여황제의 권위가 막강하다는 뜻일 것이다.

타닥- 타닥-

여황제는 근위병들의 호위를 받으며 다가왔다.

"폐하!"

"여황 폐하!"

이민준과 앨리스는 고개를 숙이며 예를 갖췄다.

"두 사람 모두 고생 많았어요."
케일리아가 밝은 표정으로 두 사람을 맞이했다.

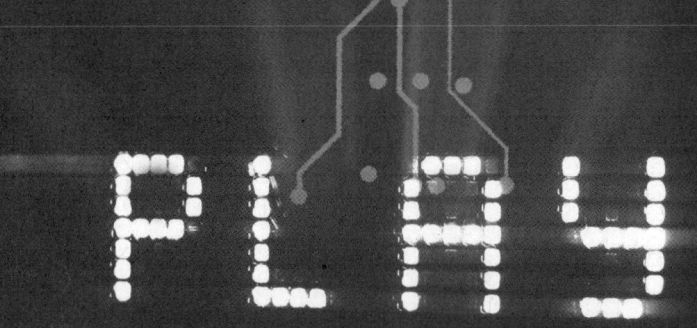

제7장

또 다른 멸망

위이잉-

마차가 하늘을 날았다. 까마득한 아래로 보이는 황성을 향해서였다.

히이이이힝!

푸르르!

마차와 함께 20마리의 말들도 같이 하늘을 날고 있었다.

마법에 대해선 조금도 모르는 동물들이 발아래로 아무것도 없는 허공을 둥둥 떠서 날고 있는 거다.

겁에 질려 난리를 쳐도 이상할 게 없는 모습이었다.

하지만 뜻밖에도 녀석들은 느긋하기만 했다.

여황제의 마법 덕분이었다.

마차가 하늘을 날고, 20마리의 백마가 여유로운 모습을 갖는 것 말이다.

역시 제국 최고의 마법사답게 여황제인 케일리아는 간단한 마법만으로 이 모든 일을 해결해 내었다.

이민준은 주변을 둘러보았다.

마차에는 이민준과 앨리스뿐이었다. 마부는 필요 없었다.

이대로 황성에 도착하면 말들이 알아서 정해진 코스를 돌 것이다.

그리고 그 역시 여황제의 마법 덕분이었다.

이민준은 마차에 서서 아래쪽을 바라보았다.

휘이잉-

시원한 바람이 불었다.

혼자의 힘으로 하늘을 날 때와는 또 다른 기분이었다.

마치 유람선을 타고 한강을 도는 느낌이라고 해야 하나?

밝은 햇살에 반짝이는 황성을 보고 있자니 여러 가지 생각이 머릿속을 스쳐 지나갔다.

그리고 그중 가장 많은 부분을 차지하고 있는 건 당연히 아버지에 관한 일이었다.

감정은 어느 정도 추스른 후였다.

어제는 계곡 옆에서 3시간 가까이를 꼼짝도 하지 않고 있었다.

감정은 물론이거니와 생각 또한 정리하기 위해서였다.

그래서 모든 걸 정리했느냐고?

물론 그건 아니었다.

어찌 그렇게 엄청난 일들을 한 번에 정리할 수 있겠는가?

그래도 꽤 많은 노력을 기울였다.

그리고 그 덕분에 어느 정도의 정리를 끝내기도 했다. 앞으로 어떻게 행동해야 하는지도 결정했고 말이다.

우우웅-

마차는 여전히 하늘을 날고 있었다.

스슥-

이런저런 생각을 하는 사이, 앨리스가 옆으로 다가왔다.

휘이잉-

따스한 바람이 불자 앨리스의 머릿결이 부드럽게 휘날렸다.

햇살을 받은 그녀의 모습은 말 그대로 눈이 부실 지경이었다.

이민준은 그만 넋을 놓은 채로 앨리스를 바라보고 말았다.

신기하게도 그녀와 함께 있으면 마음이 편안해지는 기분이었다.

슬픈 기억도, 그리고 아픈 상처도 모두 그녀의 따스함 속에서 치료되는 기분이었다.

어쩌면 그런 기분 때문이었는지도 몰랐다.

또 다른 멸망 • 205

앨리스를 뚫어져라 쳐다보게 되는 게 말이다.
"그렇게 쳐다보시니 조금은 부끄럽네요."
"아! 미안합니다."
앨리스의 말에 퍼뜩 정신이 돌아왔다.
"생각이 많아서 그랬나 봅니다. 다른 뜻은 없었습니다."
"뭐 다른 뜻이 있으셔도 돼요. 물론 당신에게만 허락하죠."
"네, 네?"
"왜요? 제가 부끄러우세요?"
"그, 그건 아닙니다."
이민준은 어느 순간부터 앨리스가 적극적인 농담을 즐기고 있다고 생각했다.
이럴 땐 어떻게 반응해야 하지?
몸속 연애 세포가 냉동 상태인 이민준으로서는 난감하기 이를 데 없는 상황인 거다.
그런 이민준의 모습에 앨리스가 부드럽게 미소 지으며 말했다.
"여황 폐하의 유난은 누구도 말리지 못하죠."
이민준이 난감해하자 빠르게 화제를 전환한 듯싶었다.
'내가 너무 어수룩한가?'
이민준은 저도 모르게 자신을 자책하고 말았다.
왜 아니겠는가?

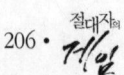

남자가 되어서 좋아하는 여자에게 확실하게 입장도 못 밝히고 말이다.

'후우.'

이민준은 속으로 크게 숨을 내뱉었다.

하지만 어쩌랴?

아무리 그렇다고 해도 성급하게 행동했다가 서로의 관계를 망치는 것보다는 낫지 않겠는가?

"뭐, 그래도 앨리스가 먼저 이야기를 해 주었잖아요. 황궁에 도착하면 이런 일이 있을 거라고요."

"호호! 그랬죠. 그리고……."

앨리스가 인벤토리를 확인하는지 손을 들어 올려 허공을 휘저었다.

"여기요."

그녀가 꺼내어 건네준 건 무려 5장의 종이를 엮어 만든 두툼한 문서였다.

"이게 뭔데요?"

"행사 계획표요."

"네?"

"말씀드렸잖아요. 앞으로 적어도 200여 개 이상의 파티에 참석하셔야 한다고요."

이민준은 순간 현기증이 올라오는 기분을 느꼈다.

무려 200여 개의 파티란다.

파티 하나당 시간을 따져도…….

'아니! 안 돼!'

아무리 세상을 구한 영웅이라도 그렇지, 그렇게나 많은 시간을 파티로 허비할 수는 없는 거다.

"후훗."

이민준의 표정을 살핀 앨리스가 소녀처럼 웃었다.

"그러지 마요, 앨리스. 저는 하나도 안 기쁘다고요."

"알아요. 웃어서 미안해요. 하지만 한니발의 표정이 정말 세상 다 산 사람처럼 절망적으로 보였다고요."

이민준은 대답 대신 두툼한 문서를 흔들어 보였다.

이건 정말 아니라는 몸짓이었다.

그러자 앨리스가 양팔을 들어 올려 기지개를 켜며 말했다.

"알아요. 안다고요. 전에도 저에게 말했잖아요. 그래서 사실 한니발의 입장을 여황 폐하께 말씀드렸어요."

오! 그래?

이민준은 순간 지겨운 파티를 빠져나갈 희망이 생기는 것 같았다.

"정말요? 그래서 뭐라시는데요?"

"당연히 안 된다시죠. 정치라는 게 복잡한 거거든요."

"아! 이런."

결론이 이럴 거면 뭐하러 말을 꺼냈나?

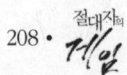

말이나 하지 말지.

그럼 서운하진 않았을 텐데 말이다.

이민준은 시무룩한 표정을 짓고 말았다. 그러자 앨리스가 미소 지으며 이민준에게 바싹 다가왔다.

"아……. 네?"

"그렇다고 제가 쉽게 포기할 여자는 아니잖아요? 다른 사람도 아닌 한니발을 위한 일인데. 황제 폐하와 기나긴 메시지를 주고받았지만, 결과만 말씀드리자면……."

"그러자면?"

앨리스가 말 대신 한쪽 손을 쫙 폈다.

당연히 손가락의 개수는 5개.

"파, 파티 다섯 개만 참여하면 된다는 말인가요?"

끄덕-

"정말요?"

"맞아요. 그리고 그 다섯 개의 파티 중 두 개는 반드시 참석하셔야 하는 거예요. 나머지 세 개는 그 문서에 있는 것 중 마음에 드시는 걸로 고르시고요. 그 정도 권한은 드려야지요."

"우와! 정말! 완전 고마워요, 앨리스!"

이민준은 뛸 듯이 기뻤다.

그렇잖아도 황궁으로 오면서 가장 걱정했던 게 바로 부담스러운 파티 참석이었는데 말이다.

그런데 앨리스가 그걸 완벽하게 줄여 주었다.

어찌 고맙지 않겠는가?

하지만 그럼에도 앨리스는 애잔한 표정을 짓고 있었다.

이민준은 앨리스의 양어깨를 손으로 잡았다. 걱정스러운 마음이 앞섰기 때문이다.

또한 그럴 만큼 거리가 가깝기도 했고 말이다.

아니, 어쩌면 너무나 기쁜 나머지 서로가 얼마나 가까이 있는지를 인지하지 못한 걸지도 몰랐다.

"왜요? 앨리스? 무슨 일이 있어요?"

"아니요. 그런 건 아니고요. 그저 제가 할 수 있는 일이란 게 이런 것밖에 없다고 생각하니 조금은 슬퍼지네요."

"그게 무슨 말이에요? 앨리스?"

"그렇잖아요. 한니발은 제 목숨을 구해 주었어요. 그것도 모자라 제가 빠르게 레벨 업을 할 수 있도록 도와주었죠."

크게 숨을 내뱉은 앨리스가 말을 이었다.

"무엇보다 고마운 건 현실의 부모님 이야기와 저의 생사를 확인해 준 거예요. 당신은 대단한 사람이에요. 제가 범접하기 어려울 만큼. 그런 고맙고 대단한 사람에게 제가 할 수 있는 일이란 게……."

앨리스가 말을 잇지 못했다. 허공에서 부딪친 두 사람의 눈빛이 뜨거웠기 때문이다.

느닷없는 순간이었다.

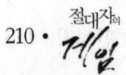

하지만 신기하게도 두 사람은 뭔가를 직감하고 있었다.

이민준은 더욱 가까이 앨리스에게 다가갔다.

스르륵-

앨리스가 눈을 감았다.

물론 이게 실례가 될지도 모른다는 생각을 하지 않은 건 아니었다.

하지만 그렇다고 솔직한 마음을 표현도 못한 채 마음 앓이를 하라고?

그건 아니다.

그래서 확인이 필요했던 거였다.

그리고 지금 이 순간만큼 가장 좋은 기회도 없었으니까.

앨리스가 조금만 싫어해도 바로 떨어질 생각이었다.

스윽-

이민준은 자신의 입술을 조심스럽게 앨리스의 입술에 포갰다.

그러자,

스슥-

앨리스가 팔을 뻗어 이민준의 상체를 둘렀다.

두근-

심장이 미친 듯이 뛰기 시작했다.

앨리스의 부드러운 입술이 느껴졌고,

부스슥-

그녀의 품 안에서 강한 심장박동이 들리기도 했다.

눈을 감고 앨리스의 부드러움을 느꼈다.

하늘을 날고 있음에도 더 높은 곳을 향해 치솟는 기분이 들었다.

당신.

당신도 나를 기다리고 있었군요.

맞아요, 한니발. 저는 오래 기다렸답니다.

서로 말을 할 필요는 없었다.

하늘을 나는 마차 위에서 두 사람은 그렇게 마음을 확인할 수 있었다.

다가닥- 다가닥-

마차는 특별한 조작 없이도 알아서 잘 움직이고 있었다.

정해진 황성의 대로를 따라 천천히 가고 있는 거다.

"우아아아!"

"와아아아!"

그런 이민준과 앨리스를 보기 위해 많은 제국민이 거리로 몰려나와 두 사람을 환영해 주었다.

"후우."

이민준에겐 상당히 낯선 상황이었다.

"웃으면서 손 흔들어 주세요."

이민준이 뻣뻣하게 서 있자 앨리스가 조심스럽게 이야

기해 주었다.

 이민준은 그제야 사람들을 향해 손을 흔들어 주었다.

 물론 어색한 일이었다.

 하지만 그럼에도 저들을 향해 미소를 짓고 손을 흔들어 주는 건 자신들을 반갑게 맞이해 주는 제국민들에 대한 예의를 지키기 위해서였다.

 이곳은 제국의 수도인 황성이다.

 높은 건물과 웅장하게 지어진 공공건물들이 빼곡히 들어서 있는 도시란 뜻이다.

 "한니발! 한니발!"

 "앨리스! 앨리스!"

 그리고 그런 대단한 도시를 가득 메운 건 제국민들의 환호성과 두 영웅의 이름이었다.

 "밝은~ 빛의~ 도시~ 그 도시를 보호하는 두 영웅을 보라! 아~름다운 자태~ 영웅의 노래는 영원하리라~!"

 넓은 광장을 지날 때는 소년, 소녀로 이루어진 합창단의 찬가가 확성 마법을 통해서 아름답게 울려 퍼지기도 했다.

 사실 그다지 기대하지 않았던 퍼레이드였다. 하지만 놀랍게도 이민준은 울컥하는 감정을 느꼈다.

 그런 만큼 제국민들의 환호가 고맙기도 했고, 여황제가 준비한 행사가 감동적이기도 했기 때문이었다.

 물론 또 다른 이유도 있었다.

이민준은 조심스럽게 앨리스를 쳐다봤다.

방긋-

그러자 앨리스가 평소와는 다른, 뭔가 더욱 따스한 눈빛으로 미소를 지어 주었다.

그래. 이거였다.

서로가 서로의 마음을 확인했다는 안도감과 설렘.

'낯설어질 줄 알았는데 다행이야.'

그런 생각도 들었다.

지금까지 누군가와 연애라는 걸 해 본 적은 없었으니까.

그 때문이었는지 이민준은 이 모든 것이 설레고, 기대가 되었다.

퍼레이드는 거의 한 시간 가까이 이어졌다.

그러고는 마차가 처음 내려앉았던 곳에 도착하자,

위이잉-

마법이 작동하며 다시금 하늘로 떠올랐다.

"와아아아!"

환영 인파는 여전히 몰려 있었다.

정말 고마운 건 저들이 억지로 끌려 나온 게 아닌 진심으로 이 둘을 맞이해 주었다는 거였다.

그 정도는 이민준도 느낄 수 있었으니까.

이민준은 잔잔하게 미소 지으며 아래쪽을 내려다보았다.

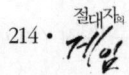

그때였다.

스슥-

손에서 따스한 느낌이 들었다.

앨리스가 손을 잡은 거였다.

이민준은 앨리스를 바라보며 미소 지었다.

무슨 말이 필요할까?

정말 신기하다는 생각도 들었다.

누군가에게 다가간다는 게 정말 어렵고 힘든 일이라고 생각했는데, 용기를 내자 마법처럼 거대한 장벽이 허물어진 기분이었다.

서로의 눈이 허공에서 부딪쳤다. 그러자 앨리스가 입을 열었다.

"고마워요. 먼저 고백해 줘서."

"사실 뺨 맞을 각오까지 했었어요."

"호호! 뺨을 때리는 대신 다른 걸 해 드릴게요."

스르륵 다가온 앨리스가,

쪽-

이민준의 뺨에 키스해 주었다.

"후우!"

황궁으로 들어온 이민준은 크게 숨을 내뱉었다.

퍼레이드를 끝내고 황궁으로 들어와서는 또다시 환영 인

파에게 인사를 해야 했다.

 귀족과 일반인들이 어울려 사는 황성과 달리, 황궁에는 대부분 신분이 높은 귀족들이 몰려 있는 거였다.

 더군다나 이들 중에는 이전 교황 사건 때 이민준에게 목숨을 빚진 사람들도 꽤 있었다.

 귀찮은 일이었지만 그렇다고 고마움을 전하는 사람들을 외면할 수는 없는 거였다.

 '연예인들이 왜 힘든지 이제야 이해가 가네.'

 그나마 다행인 건 이런 분위기의 파티가 200여 개에서 5개로 확 줄었다는 거였다.

 '고마워요! 앨리스!'

 이민준은 진심으로 앨리스에게 감사했다.

 "어때요? 정신이 없죠?"

 미소 띤 얼굴로 다가와서 잔을 건넨 사람은 다름 아닌 여황제 케일리아였다.

 "아! 예, 폐하."

 "아니요. 편하게 있어요. 그러려고 마련한 방이에요. 저라고 한니발 님의 고충을 모르겠어요?"

 "그러신가요?"

 "물론이죠. 호호! 황궁 생활을 오래 하면 다 알게 된답니다."

 "저기, 그렇다면 파티를 조금 더 줄여 줄……."

"그건 안 돼요! 제가 엄청나게 많이 양보한 거라고요. 안 그래요? 앨리스?"

"후훗! 맞습니다, 폐하."

여황제가 이렇게까지 말하는데 더 이상 양보를 바라는 것도 무리였다.

막 뭔가를 이야기하려 할 때였다.

탕- 탕-

"황제 폐하! 손님들이 오셨습니다."

"들여보내세요."

달캉-

거대한 문이 열렸다.

이민준은 문으로 들어오는 사람이 누구인지 확인하기 위해 상체를 세웠다.

"오빠!"

가장 먼저 안으로 뛰어 들어온 사람은 다름 아닌 루나였다.

"루나야?"

이민준은 막 자리에서 일어나던 참이었다.

와락-

하지만 빠르게 달려든 루나 때문에 자세가 엉거주춤해지고 말았다.

"흐잉! 오빠! 정말 보고 싶었어요!"

또 다른 멸망 • 217

있는 힘껏 이민준을 안은 꼬맹이가 울먹이는 소리를 냈다.

"그, 그래, 루나야. 나도 반갑구나. 그런데 이건 좀······."

이민준은 살짝 난감한 기분을 느꼈다.

오랜만에 만나서 좋다고 생각한 건 이민준도 마찬가지였다.

하지만 여기는 공적인 장소가 아닌가?

헤어졌다가 다시 만난 남매처럼 이런 모습을 보일 곳이 아니란 소리다.

그렇다고 루나를 억지로 떼어 내지도 못하고······.

이곳은 다른 장소도 아닌 바로 여황제가 있는 황궁의 응접실이었다.

그뿐일까?

여황제는 물론이거니와 그녀를 호위하는 근위 기사들이 응접실 곳곳에 자리를 잡고 있기도 했다.

더군다나······.

이민준은 앨리스를 슬쩍 쳐다보았다.

방긋-

다행히도 앨리스는 그런 루나의 행동을 이해하는 것 같았다.

"허허허! 루나가 많이 보고 싶어 했습니다. 아이고! 황제 폐하."

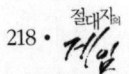

뒤를 따라 들어온 카소돈이 예를 갖추어 케일리아에게 인사했다.

"폐하."

함께 들어온 에리네스도 조심스럽게 예를 갖췄다. 그러자 케일리아가 앞으로 나서며 말했다.

"어려워하지 마세요. 이곳은 편한 장소랍니다."

"감사합니다, 폐하."

루나 덕분에 조금은 요란스러웠던 재회였다.

이민준은 오랜만에 만난 카소돈과 반가운 인사를 나누었다.

물론 에리네스도 마찬가지고 말이다.

모든 인사가 끝이 난 후였다.

"그럼 자리를 옮길까요?"

케일리아가 앞장을 서서 응접실을 빠져나가려고 했다.

"폐하!"

그러자 근위대장이 앞으로 나서며 어찌해야 할지를 물었다.

"그대와 근위병들은 이곳에 머물도록 해요. 나는 이분들과 함께 움직이겠습니다."

"아, 알겠습니다."

여황제의 엄명이다.

마음이 내키지는 않았지만, 근위대장은 빠르게 뒤로 물

러설 수밖에 없었다.

응접실을 빠져나온 사람은 여황제와 이민준, 그리고 그의 일행들이었다.

따각- 따각-

여황제와 걷고 있는 복도에는 아무도 없었다.

하지만 그럼에도 케일리아는 날카로운 눈으로 주변을 둘러보고 있었다.

이곳은 교황청과 황궁이 양립하는 곳이다.

아무리 여황제의 권위가 크게 작용하는 공간이라고 해도 모든 곳이 안전한 공간이지는 않을 거다.

케일리아가 조심하는 이유였다.

또한 디보데오 신도들이 불편하게 생각하는 신이 바로 할루스다.

그런데 그런 할루스의 사제와 전사가 동시에 황궁에 방문한 것이다.

여황제의 요청으로 말이다.

아무리 교황이 공석이라도 그렇지!

교황청 사람들은 여황제의 의도가 미친 듯이 궁금했을 거다. 어쩌면 교황청에서 파견한 첩자들이 황궁 여기저기에 숨어서 여황제의 의도를 알아내려 하고 있을지도 몰랐다.

"이쪽입니다."

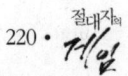

여황제가 직접 일행을 안내하는 이유일 것이다.

따각- 따각-

대략 10분 정도를 걸은 후였다.

커다란 석상들이 벽을 지키는 것처럼 서 있는 넓은 홀이었다.

쉬쉭-

케일리아가 손을 들어 올리자,

쿠궁! 그그그-

벽을 지키고 서 있던 거대한 석상 중 하나가 서서히 움직였다. 거인처럼 생긴 전사의 상이었다.

"오오."

루나가 눈을 동그랗게 뜨며 놀랐다.

다들 표현은 안 했지만 루나만큼 놀랐을 거다.

석상은 못해도 3~4층 건물 정도의 크기였다.

그런데 그런 석상이 여황제의 간단한 마법에 움직이고 있는 거다.

크등-

석상이 멈추자 아래로 내려가는 계단이 나타났다.

"가시죠."

일행은 케일리아의 안내에 따라 지하로 내려갔다.

크드등-

일행이 모두 계단으로 들어서자 석상이 저절로 움직이며

입구를 막아 버렸다.

 여황제가 안내해 준 곳은 기다란 회의용 탁자가 놓인 장소였다.
 회의용 탁자와 푹신한 의자.
 단순히 보면 잘 꾸며진 회의실 정도라고 볼 만했다.
 하지만 다른 점이 있었다.
 그리고 그건 이곳을 꾸미고 있는 모든 가구와 집기들이 현대적인 느낌을 물씬 풍기고 있다는 거였다.
 이민준은 고개를 끄덕였다. 이런 비슷한 장소를 예전에도 본 기억이 있었기 때문이다.
 앨리스를 슬쩍 쳐다보았다.
 그녀도 남부에 이런 장소를 가지고 있었다.
 현실을 추억할 수 있는 특별한 장소.
 현실과 연결이 끊긴 유저라면 누구나 하나쯤 가지고 있을 만한 장소였다.
 씽긋-
 이민준의 시선을 느낀 앨리스가 자신도 잘 알고 있다는 듯 눈웃음을 보내 주었다.
 모든 일행이 안으로 들어오자 케일리아가 양손을 펼치며 말했다.
 "제가 심혈을 기울여서 만든 장소예요. 현실처럼 꾸민 장

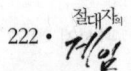

소가 몇 군데 있긴 한데, 이곳은 각별한 유저들과 진지한 대화를 나누기 위한 장소지요."

말을 하다 문득 카소돈을 바라본 케일리아가 미소 지으며 말했다.

"물론 카소돈 님은 잘 모르시겠지만요."

카소돈은 이곳에 모인 사람 중 유일한 NPC였다. 케일리아가 말한 건 바로 그 점이었다.

하지만 그럼에도 카소돈은 아무렇지도 않다는 듯 대답했다.

"후후후! 걱정하지 않으셔도 됩니다, 폐하. 저도 NPC가 무엇인지, 그리고 유저가 무엇인지 잘 알고 있습니다."

"호오! 그래요?"

케일리아가 의외라는 듯 눈빛을 빛냈다.

이곳 세계에서 생활하면서 현자라는 많은 NPC를 봐 왔지만, 카소돈처럼 유저를 이해하는 현자는 그리 많지 않았다.

대부분의 NPC는 현실과 관련된 이야기들을 인지하지 못하게 프로그램되어 있으니 말이다.

"자, 앉으시지요. 조금은 불편하겠지만, 이곳에는 시녀나 하인들이 없습니다."

여황제의 말에 모두가 자리를 잡고 앉았다.

여황제가 저렇게 말하긴 했지만, 사실 이 장소에서 시녀나 하인은 따로 필요하지 않았다.

스슥-

여황제가 손을 흔들자 모두의 앞에 마실 것과 먹을 것이 나타났다.

"우와! 대단해요!"

루나가 감탄한 듯 소리를 질렀다.

"호호호! 제가 가진 작은 능력 중 하나랍니다."

케일리아는 지존 등급의 마법사니까.

굳이 하인이나 시녀의 도움을 받을 필요가 없었다.

서로 간단하게 이야기를 주고받은 후였다.

주제를 먼저 꺼내 든 건 케일리아였다.

"제가 하는 말에 오해가 없었으면 좋겠습니다. 한니발 님은 대륙을 구한 영웅이고, 멸망의 진행을 제대로 막아 주신 분이니까요."

시작부터 부담스러운 이야기였다.

이민준은 고개를 흔들며 대답했다.

"그냥 있는 대로 솔직하게 이야기해 주세요. 저 또한 폐하의 퀘스트가 해결되지 않은 것을 보고 뭔가 있구나 하고 생각했습니다."

"그렇게 생각해 주신다니 다행이군요."

상석에 앉은 케일리아가 잠시 회의실을 둘러보았다. 그러고는 무거운 표정으로 말을 꺼냈다.

"황궁에서 제가 가장 믿는 사람을 꼽으라면 당연히 앨리스입니다. 저는 그 이외에 믿는 사람이 별로 없습니다. 그리고 미안한 이야기지만 현재 여기 있는 누구도 믿지 못합니다."

이민준은 고개를 끄덕였다.

당연한 이야기다. 그리고 서운해할 필요도 없는 이야기였다.

살짝 뜸을 들인 여황제가 말을 이었다.

"하지만 그럼에도 제가 처음 보는 분들에게 이런 이야기를 꺼내는 건, 여기 계신 분들이야말로 한니발 님이 전적으로 믿는 사람들이라고 말했기 때문입니다."

여황제가 동의를 구하는 것처럼 회의실에 있는 모두와 눈을 마주쳤다. 그러자 카소돈이 나섰다.

"여황 폐하께서 어떤 말씀을 하고 싶으신지 잘 알고 있습니다. 저희를 믿지 못하는 건 당연합니다. 하지만 우리가 같은 위기에 처해 있다는 건 여기 모두가 공감하는 바일 겁니다."

카소돈이 이해하느냐는 듯 케일리아를 쳐다봤다.

끄덕-

여황제가 그렇다는 신호를 보냈다.

카소돈은 그제야 말을 이었다.

"어려운 일입니다. 그러나 지금은 저희를 신뢰하셔야 합니다. 그래야 보이지 않는 위기를 이겨 낼 수 있습니다."

카소돈의 말에는 강한 진심이 담겨 있었다.

카소돈, 루나, 에리네스.

여황제가 말한 대로 서로 일면식도 없는 사람들이었다.

하지만 그럼에도 한니발이라는 공통분모가 있었기에 각기 다른 이들을 하나로 묶고 있는 거다.

케일리아가 결심했다는 듯 주먹을 꽉 쥐며 말했다.

"좋습니다. 그렇다면 굳이 이곳에서 하는 이야기를 외부로 유출하지 말아 달라는 부탁은 하지 않겠습니다. 다들 심각성은 이해하실 테니까요."

모두가 고개를 끄덕였다.

그제야 케일리아가 말을 이었다.

"멸망이 사라진 건 대단한 일입니다. 제가 그동안 걱정하던 예언서의 문제가 해결된 거니까요. 하지만 아무리 생각해도 이해가 되지 않았습니다. 이건 순서가 아니었거든요. 안 그런가요, 카소돈?"

"맞습니다, 폐하. 사실 예언서에 따르면 대량 학살 이후 또 다른 징조가 있어야 한다고 되어 있었습니다. 그 모든 징조가 완성되었을 때 비로소 멸망이 모습을 갖춘다고 되어 있었거든요."

이민준은 고개를 갸웃했다.

징조가 완성되어야 모습을 갖춘다고?

"그렇다면 제가 소멸시킨 게 진짜 멸망이 아니란 말인

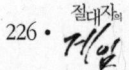

가요?"

이민준의 물음에 대답을 한 건 케일리아였다.

"아닙니다. 멸망이 맞을 겁니다. 문제라면 그 시기였겠죠. 한니발 님이 말씀하신 대로 멸망은 자신의 존재를 자각한 컴퓨터 프로그램이었습니다. 영웅들이 죽인 이 게임의 마스터 NPC들처럼요."

그건 이민준도 알고 있는 거다.

문제라면 멸망을 소멸시켰음에도 위기가 끝나지 않은 거니까.

이민준은 고개를 갸웃하며 물었다.

"멸망은 확실하게 사라졌습니다. 강한 폭발과 함께 말입니다. 그런데 두 분은 이런 일이 예언서와 다르다는 이유로 걱정하고 계신 건가요?"

"그 부분은 제가 말씀드려야겠군요."

부스럭-

인벤토리에서 여러 자료를 꺼낸 카소돈이 말을 이었다.

"한니발 님이 멸망을 소멸시킨 이후였습니다. 저는 마샬린 산에 올라가 대륙의 기운이 정상으로 돌아왔는지를 확인했습니다."

꿀꺽-

모두가 카소돈의 얼굴을 쳐다보며 긴장했다.

카소돈이 말을 이었다.

"안타깝게도 그렇지 않더군요."

"흐음."

실망감이 회의실을 가득 채웠다.

그렇다는 건 아직 완벽하게 위기가 끝나지 않았다는 뜻일 테니까.

잠시 뜸을 들인 카소돈이 말을 이었다.

"이곳에 오기 전, 저는 모든 자료를 훑어봤습니다. 그리고 놀라운 사실을 발견했죠."

스슥- 스스슥-

카소돈이 내민 건 한 장의 낡은 양피지였다.

카소돈이 계속해서 말했다.

"만약 한니발 님이 멸망에 관한 정보를 주지 않았다면 찾지 못했을 내용입니다. 아니, 알고 있었지만 무시하고 있었죠."

이민준은 양피지를 눈으로 훑었다. 처음 보는 언어가 깨알같이 적힌 문서였다.

"대체 이게 무슨 뜻이죠?"

카소돈이 고개를 끄덕이며 말했다.

"이건 우리 교단에서 이단 취급을 받았던 한 예언자가 남긴 내용입니다. 그러니까 이게 무슨 내용이냐면……."

카소돈이 설명해 준 문서의 내용을 요약하면 이랬다.

세상이 위기에 처할 것이다.

그리고 그 위기는 이 세상을 만든 원초적인 문제로부터 시작된다.

모든 사람은 영웅이 위기를 모면해 줄 거라 믿을 거다.

그리고 영웅이 위기를 해결해 주기도 할 거다.

하지만 그건 진정한 끝이 아니다.

결국 세상은 망할 테니까.

"세상에."

"무슨? 그런 말도 안 되는?"

모두가 심각한 표정을 지었다.

이민준은 고개를 흔들며 물었다.

"이거 신빙성이 있는 자료인가요?"

모두의 시선이 카소돈에게 달려들었다. 그러자 카소돈이 고개를 끄덕이며 말했다.

"이전까지는 신빙성이 없는 자료였습니다. 왜냐면 주신의 기운에 전혀 반응하지 않았던 문서였으니까요. 하지만……."

카소돈이 자신의 손을 들어 문서 위에 올렸다. 그러고는 주신의 기운을 문서에 주입했다.

그러자,

후우웅-

놀랍게도 문서가 은은한 녹색으로 빛났다.

카소돈이 말을 이었다.

"한니발 님께서 멸망을 소멸시킨 이후였습니다. 이 문서를 찾았더니 놀랍게도 빛을 내고 있더군요. 그리고 그렇다는 건 이 예언서가 진짜라는 뜻이기도 합니다."

"이럴 수가!"

"이걸 어째?"

깊은 한숨이 회의실을 가득 채웠다.

이민준은 어이가 없었다.

만약 이 예언서의 말이 사실이라면 주신은 뭐하러 그 많은 예언을 이 세상에 남겨 두었단 말인가?

고개를 든 이민준은 카소돈에게 물었다.

"그럼 뭡니까? 지금까지 주신의 수많은 예언서가 모두 거짓이었단 말인가요?"

"아닙니다. 그건 아닙니다. 멸망의 모습은 매우 다양하니까요. 그 모든 경우의 수를 담은 겁니다."

"하지만 이 예언서 한 장이 결국 진실이라는 거잖아요."

"그런 것 같습니다. 모든 경우의 수가 흘러 이 한 장으로 귀결된 거죠. 저도 정말 당혹스럽습니다."

이민준은 이해를 할 수가 없었다.

설마 주신이 그 정도도 알지 못해서 다른 예언서를 남겨 놓았을까?

이민준은 크게 숨을 내뱉으며 말했다.

"만약 이 예언서가 사실이라면 결국 이 세상이 망한다는 말인가요?"

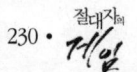

"맞습니다."
"그럼 지금까지 제가 한 모든 일이 아무런 의미가 없다는 뜻 아닌가요?"
"그건 아닙니다."
"그게 아니라니요. 무슨 방법이라도 있다는 말씀이세요?"
"확신할 순 없지만, 이 안에 그 답이 있을지도 모르겠습니다."

카소돈이 자료를 내밀었다. 이민준은 놀란 눈으로 자료를 바라보았다.

제8장

단서를 찾아라

스윽-

자료를 끌어와 안에 있는 내용을 확인했다.

'오오!'

놀랍게도 현실에서와 같이 서류의 내용이 자연스럽게 머릿속으로 들어왔다.

'현실 능력치가 여기에도 적용이 된다는 건가?'

하기야.

게임상에서 지능 능력치를 꾸준히 올리기도 했었다.

하지만 그럼에도 현실에서처럼 대단한 두뇌 활용을 하지는 못했었다.

그런데 막상 두뇌를 쓸 일이 생기니 이런 놀라운 일이 생기는 거다.

어쩌면 이건 현실과 게임의 능력치 보정일지도 몰랐다.

이민준은 고개를 끄덕였다.

무엇보다 지금 중요한 건 멸망에 관한 내용을 알아내는 거니까.

차락- 차락-

자료를 빠르게 넘겼다.

전체를 다 훑어본 건 아니었다.

아무리 두뇌가 발달되어 이해력이 높아졌다고 해도, 어쨌든 한 장씩 눈으로 확인해야 하는 거니까.

그만큼 시간이 필요하다는 이야기였다.

그래서 선별적으로 앞과 중간, 그리고 마지막을 확인했다.

서류에는 여러 가지 내용이 담겨 있었다.

멸망의 형태와 등장이 예상되는 장소, 그리고 재앙의 방식까지.

꽤 많은 양의 서류에 다양한 멸망의 모습들이 담겨 있는 거다.

오랜 세월 동안 수많은 예언자가 남긴 예언서들이다.

권수로만 따져도 수천 권에 달할 거다.

그런 예언서들을 카소돈이 자신만의 방식으로 정리한 거였다.

이민준은 카소돈의 서류와 이단이라 불렸던 예언자가 남긴 한 장의 양피지를 번갈아 가며 쳐다봤다.

할루스 교의 모든 예언서가 설마 이 한 장의 양피지보다 못할까?

고개를 흔들었다.

그건 아닐 거다. 할루스라면 분명 다른 무언가를 숨겨 놓았을 거다.

차락-

이민준은 고대어로 적힌 양피지를 집어 들었다.

"네룬다 아칼루이아라는 예언자입니다. 할루스께서 건재하시던 시절, 그러니까 봉인이 되기 전 시대의 선구자이지요."

"그렇군요. 그런데 카소돈 님은 이 예언서 안의 모든 내용을 다 이해하시는 건가요?"

"대략 8할 정도는 이해할 수 있습니다. 워낙 오래된 언어라 완전한 해석은 어렵습니다."

"흐음."

이민준은 그림처럼 생긴 고대어를 뚫어져라 쳐다봤다.

제대로 해석하면 더 많은 정보를 얻을 수 있는 거 아닐까?

혹은 카소돈의 해석이 잘못되었다거나…….

그러다 문득 든 생각이 있었다.

"카소돈 님은 고대어를 어떻게 배우셨어요?"

이민준의 물음에 민망한 듯 미소 지은 카소돈이 인벤토리에서 두툼한 책을 한 권 꺼내어 내밀었다.

낡은 책을 건네받은 이민준은 책 제목부터 훑어봤다.

〈할루스 교의 고대어. 일주일만 하면 나만큼은 알아먹을 수 있다! 그게 어느 정도냐고? 대략 7할?〉

책 제목 하고는…….

"이게 정말 책인가요?"

장난스러운 책 제목에 살짝 의심이 가긴 했다.

"후후! 그렇습니다. 그게 사실은 우리 교단에서 청소 일을 하던 어떤 분이 남기신 비서입니다. 꽤 예전 분이시죠. 그리고 그 책 또한 오래된 비서이기도 하고요."

"비, 비서요? 뭐, 검술 비급이나 비기 같은 그런 비서요?"

고개를 갸웃하며 질문한 사람은 루나였다.

루나뿐만 아니라 다른 사람들의 분위기도 이상하자, 주변을 둘러본 카소돈이 변명하듯 말했다.

"왜들 이러십니까? 검술이나 마법에만 비서가 있다고 생각하시는 건 아니지요? 그런 고정관념은 깨야 합니다. 크흠!"

카소돈의 말에 모두가 고개를 끄덕였다.

틀린 말은 아니니까.

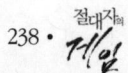

이민준은 카소돈이 내민 '할루스 교의 고대어. 일주일만 하면⋯⋯.' 책으로 시선을 돌렸다.

'청소 일을 하는 사람이 남긴 비서라⋯⋯.'

무협 소설에 나오는 은둔 고수 같은 건가?

무슨 언어의 연금술사 같은?

살짝 재미있다는 생각이 들기도 했다.

차라락-

이민준은 책을 펴서 안의 내용을 살폈다. 그러자 빠르게 책 내용이 이해가 되었다.

역시나 정보를 습득하고 이해하는 과정이 굉장히 빨라진 게 맞았다.

이민준은 책과 서류를 번갈아 가며 쳐다봤다.

언어를 이해하고 서류를 훑어보는 데 필요한 시간이 예측되었다.

그렇다면 뭘 망설일까?

이민준은 모두에게 말했다.

"어쩌면 멸망과 관련된 중요한 단서를 찾을 수 있을 것 같습니다."

"오오! 한니발 님!"

"그게 정말입니까?"

여황제와 카소돈이 가장 격렬한 반응을 보였다.

물론 앨리스와 에리네스, 그리고 루나도 놀란 표정을 짓기는 했다.

그렇다고 해도 역시 이번 일에 가장 큰 관심을 보이고 있는 사람은 다름 아닌 여황제와 카소돈이니까.

이민준은 고개를 끄덕이며 말했다.

"대신 시간이 필요합니다. 이 모든 서류를 다 훑어봐야 하거든요."

"그런 시간이라면 얼마든지 드릴 수가 있지요. 확인하시는 데 얼마나 걸리겠습니까?"

질문을 한 사람은 여황제 케일리아였다.

이민준은 여황제를 바라보며 말했다.

"우선 짐작할 수 있는 데까지 3~4시간 정도 걸릴 겁니다."

"다행이군요. 그 정도라면 저녁 파티 참석에 아무런 지장이 없을 거 같아요."

"생각해 보니 최소 7~8시간은 걸릴 것 같습니다."

"호호호! 한니발 님은 진실한 분이시죠?"

"죄, 죄송합니다. 3~4시간이면 충분할 것 같습니다."

"호호호호! 좋습니다. 그럼 잠시 시간을 드리지요."

만족했다는 듯 크게 미소 지은 여황제가 일행을 돌아보며 말했다.

"자! 우리가 여기에 계속 남아 있으면 한니발 님이 집중하시는 데 방해가 될 것 같군요. 황궁은 처음이시죠? 제가 안내를 해 드리지요."

"와! 황제 폐하가 직접이요?"

"그렇습니다, 루나 양. 여러분은 소중한 손님이시니까요."

"하지만……. 괜찮으시겠어요? 폐하?"

"걱정하지 마요, 앨리스. 이분들은 보통 손님이 아니잖아요. 무려 우리의 목숨을 구해 주신 한니발 님의 손님이라고요."

"아… 그런가요?"

이민준은 살짝 부담감을 느꼈다.

그리고 그런 이민준의 표정을 눈치챘는지 여황제가 더욱 환하게 웃으며 말했다.

"이런 걸 부담 갖지 마세요, 한니발 님. 앞으로 더욱 부담스러운 일이 많이, 아주 많이 있을 테니까요. 호호호!"

이민준은 문득 크마시온이 아서베닝에게 했던 말이 떠올랐다.

'여황 폐하, 저 싫죠?'

물론 말을 입 밖으로 내놓지는 않았다.

"으흠."

하지만 역시 삶은 고구마를 억지로 삼킨 듯한 답답한 기분은 어쩔 수 없는 거였다.

여황제와 일행이 회의실을 빠져나간 후였다.

차라락- 차라락-

유일하게 회의실에 남아서 이민준을 돕기로 한 사람은 다름 아닌 카소돈이었다.

"저는 신경 쓰지 마시고 집중하세요, 한니발 님. 당신이라면 분명 방법을 찾아낼 수 있을 겁니다."

언제나 자신을 믿어 주는 카소돈이었다.

그 때문이었는지 마음 한편이 따스해지는 기분이 들기도 했다.

"알겠습니다."

고개를 끄덕여 준 이민준은 서둘러 '할루스 교의 고대어. 일주일만 하면…….' 책을 펴 들었다.

차락- 차락-

그저 훑어보듯 한 장씩 넘기는 거다.

스스슥- 스스슥-

그럼에도 책에 있는 어려운 내용이 뇌에 각인되듯 모두 이해가 되었다.

이거 정말 좋은데?

사법고시나 한번 봐 볼까?

쓸데없는 생각이 들기도 했다.

이민준은 고개를 흔들어 필요 없는 잡생각을 지웠다. 지금은 서류에 집중해야 할 때였다.

꽤 두꺼운 '할루스 교의 고대어. 일주일만 하면…….' 책을 대략 한 시간 가까이 본 후였다.

탁-

책을 덮었다.

이미 책 내용은 다 이해했으니까.

"세상에! 그걸 벌써 다 보신 거예요?"

카소돈이 놀란 눈으로 이민준을 쳐다봤다.

"그렇습니다."

"허허! 역시 주신의 전사는 대단하군요."

밝게 웃은 카소돈이 다시금 점잖은 표정을 지으며 어서 서류를 확인하라는 손짓을 했다.

차락-

이민준은 예언자 네룬다 아칼루이아의 예언서를 집어 들었다.

'어디 보자.'

스스슥-

놀랍게도 예언서에 적힌 내용이 빠르게 해석되었다.

대략 한 시간 정도 두꺼운 책을 훑어본 게 다였다.

그러고 나니 엄청나게 어렵다는 할루스의 고대어가 자연스럽게 해석이 되었다.

이건 정말 놀라운 일이었다.

그렇다고 감탄만 하고 있을까?

이민준은 고개를 흔들었다. 지금은 그런 감상에 시간을

낭비할 때가 아니었다.

더욱 집중력을 끌어 올린 이민준은 고대 예언서를 꼼꼼하게 읽었다.

내용 대부분은 카소돈이 말한 것과 비슷했다.

〈영웅은 멸망을 소멸시킬 것이며, 모든 사람이 위기로부터 해방된 거라 믿을 것이다.

하지만 그걸 끝이라고 생각하지 마라. 그대들이 감당할 수 없는 진정한 죽음이 다가올 테니까.〉

여기까지는 그 내용이 맞았다. 하지만 해석이 완전하게 되지 않는 부분도 있었다.

'이건?'

이민준은 뭔가 이해가 될 듯 말 듯 한 기분을 느꼈다.

'대체 뭐지?'

어쩌면 그건 모든 자료가 규합되지 않아 느끼는 간지러움인지도 몰랐다.

차락-

이민준은 서둘러 카소돈이 정리한 멸망에 관한 다른 예언서를 살펴보았다.

탁-

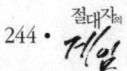

모든 서류를 확인하는 데 무려 2시간 가까이가 걸렸다. 그냥 훑어보는 거라면 더욱 빨랐을지도 몰랐다. 하지만 지금은 공부하는 게 아니니까.

"후우!"

이민준은 큰 숨을 내뱉었다.

심장이 심하게 두근거리고 있었다.

대략적인 큰 그림이 그려졌다. 그리고 그건 전체적인 내용을 보고 나서야 이해를 하게 된 거였다.

꿀꺽-

조심스럽게 이민준을 기다리고 있던 카소돈이 마른침을 삼켰다. 결론이 궁금해서 미칠 지경인 거다.

"어, 어떻게 되었습니까? 한니발 님."

"카소돈 님의 말씀이 맞았습니다. 확실히 정리하신 자료에 많은 것들이 담겨 있었더군요."

"그래요? 그렇습니까?"

"맞습니다. 그리고 알았습니다. 이 모든 예언서가 하나로 연결되어 있었다는 것을 말입니다."

"예? 하나로 연결되어 있어요?"

"그렇습니다. 제가 게임에 들어온 것과 주신의 상처를 얻은 일, 그리고 앨리스를 만나고, 아서베닝을 만난 일들이 모두 다 하나로 연결이 되어 있더군요."

"그, 그게 사실입니까?"

"이걸 명확하게 말로 설명하긴 어렵군요. 저 또한 제가 얻은 능력으로 이 모든 일을 유추하고 있을 뿐입니다. 명확한 건 할루스께서 남긴 흔적을 찾아야 알 것 같습니다."

"주신께서 흔적을 남겼다고요?"

이민준은 고개를 끄덕였다. 그러자 카소돈이 이해할 수 없다는 표정을 지었다.

차라락-

이민준은 모든 서류를 펼치며 말했다.

"낙서를 해도 괜찮을까요?"

"그럼요. 당연합니다. 마샬린 산에 사본을 몇 개 만들어 놨습니다. 걱정 안 하셔도 됩니다."

고개를 끄덕여 준 이민준은 여러 서류를 연결하며 선을 그렸다.

"카소돈 님께서 예언서를 정리하신 방식. 이건 할루스 교의 성직자들이 사용하는 공통 방식입니다. 맞지요?"

"그럼요. 그렇습니다."

스슥- 스스슥-

이민준은 네룬다 아칼루이아의 예언서에 나온 그림과 단어를 이용해서 다른 예언서들의 행렬을 연결했다.

"이 고대의 예언서는 예언을 담고 있기도 하지만, 다른 예언서를 연결하는 안내 책자 역할을 하기도 하는 겁니다."

카소돈이 놀란 눈으로 말했다.

"하지만 네룬다 아칼루이아의 예언서는 거의 초창기에 나온 건데요?"

"할루스께서는 이미 봉인되기 전에 이 모든 걸 예측한 겁니다."

"허어."

카소돈이 넋이 나간 표정을 지었다.

물론 주신을 섬기는 사제로서 주신을 의심해서는 안 되는 거다.

하지만 정말 놀랍지 않은가?

주신이 이렇게나 세심하게 세상을 굽어살피고 있다는 게 말이다.

사삭- 사사삭-

이민준은 계속해서 자료를 연결하며 그림을 그렸다.

"저도 처음엔 의심했었습니다. 전능하다는 주신께서 왜 이렇게 많은 예언서를 세상에 남겼을까? 수많은 예언서를 남기는 거라면 그걸 누가 알아서 해석할 수 있을까?"

스슥- 사사삭-

자료와 자료가 연결되면서 상당히 커다란 그림이 되어 갔다.

두 손을 가슴 앞으로 모은 카소돈이 기대에 찬 눈으로 그림을 훑어보았다.

이민준은 계속해서 말했다.

"처음부터 주신의 생각은 단순한 방어에 있었던 게 아닙니다."

"단순한 방어라니요?"

"멸망과 싸워서 이겨 내는 방법 말입니다. 네룬다 아칼루이아는 예언서에 분명하게 명시했습니다. 멸망은 단순히 싸워서 이길 수 있는 존재가 아니라고요."

"그렇다면 어떻게 해야 하는 겁니까?"

사삭-

이민준은 자신이 분석한 자료를 토대로 거대한 그림을 완성했다.

"이, 이건?"

완성된 그림을 본 카소돈이 넋이 나간 얼굴로 그림과 이민준을 번갈아 가며 쳐다봤다.

"이, 이건 우리가 살고 있는 세계의 지도가 아닙니까?"

"그렇습니다."

"이 지도가 멸망을 방어하는 방법이란 말입니까?"

"단순한 방어가 아닙니다."

"그럼 뭡니까?"

"멸망을 완전하게 제거하는 겁니다."

카소돈이 눈을 동그랗게 떴다.

멸망으로부터의 완벽한 해방!

그거야말로 카소돈이 가장 원하던 것 아니던가?

아니, 이 세계에 살고 있는 모든 이들이 바라는 거다.

"그 방법을 찾으셨습니까?"

카소돈이 간절한 시선으로 이민준을 바라보았다.

"방법은 찾았습니다. 하지만 그 방법을 이용하기 위해서는 또 다른 모험이 필요할 것 같군요."

이민준의 말에 카소돈이 실망한 표정을 지었다.

이번 일로 확실한 방법을 얻을 수 있으리라 기대했기 때문이었다.

카소돈이 시무룩한 표정으로 물었다.

"그렇다면 어떻게 해야 하는 겁니까? 주신께서 이 지도를 남기신 이유가 있지 않겠습니까?"

"맞습니다. 당연한 이야기십니다."

"그래요? 여기에 뜻이 있다는 말씀이신가요?"

이민준은 대답 대신 지도의 특정 지역에 동그라미를 그렸다.

총 7개의 동그라미.

모두 네룬다 아칼루이아의 예언서를 해석해서 찾은 지역이었다.

"이 지역은……. 세상에! 왜 그 지역에 동그라미를 친 겁니까?"

지도를 확인한 카소돈이 놀란 눈으로 물었다.

이민준은 진지한 표정으로 대답했다.

"예언서가 지정한 장소입니다. 그래서 표시를 한 것뿐입니다."

"이, 이곳에요? 설마, 정말입니까?"

이민준은 고개를 갸웃했다.

왜 이렇게 놀라는 거지?

뭐가 있는 건가?

"왜 그러십니까? 이곳에 뭐가 있나요?"

"모르고 계셨군요. 예. 아마도 모르셨을 겁니다."

카소돈이 동그라미 친 지역을 손으로 가리키며 말을 이었다.

"이곳은 모두 저주받은 지역입니다. 더군다나 보통 저주받은 지역이 아닌 거의 마계급의 마기가 흐르는 지역이기도 합니다."

"저주받은 지역이요?"

"그렇습니다. 혹자들은 그곳에 마계의 숨겨진 문이 있을 거라 말하기도 합니다. 물론 아직 발견된 적은 없었지만요."

이민준은 고개를 갸웃했다.

이상한 일이었다.

"대체 주신께서 왜 이런 저주받은 지역을 지목한 걸까요?"

"흐흠."

카소돈이 뭔가를 고민하는 것 같았다. 그러다 결심한 듯 고개를 끄덕이며 말을 꺼냈다.

"우리 교에서 금기시되는 이야기가 있습니다."

이민준은 놀란 눈으로 카소돈을 쳐다봤다. 그러자 카소돈이 조심스러운 표정으로 말했다.

"마기에 휩싸인 주신의 성지이지요. 사실 할루스 교의 사제라면 이 이야기를 부끄러워할 겁니다. 있을 수도 없는 일이니까요. 그래서 그곳들은 모두 성지에서 제외되었습니다."

그래? 그렇다고?

이민준은 뭔가를 알 것만 같았다.

"설마 이 일곱 지역이 버림받은 주신의 성지입니까?"

"그렇습니다. 후우! 정말 이해할 수가 없군요. 주신께서 왜 예언서를 통해서 버림받은 성지를 알려 주시는 걸까요?"

이민준은 지금까지 있었던 일들을 곰곰이 생각해 보았다.

주신이 남긴 모든 것들.

그리고 주신이 전하고자 했던 메시지들.

그러다 문득 번뜩이는 무언가가 떠올랐다.

'그래! 그런 거야!'

잃어버렸던 퍼즐 조각을 찾은 듯 흩어졌던 단서들이 하나로 합쳐지는 기분이었다.

이민준은 카소돈을 정면으로 바라보며 말했다.

"주신은 머나먼 미래를 예측할 수 있는 통찰력을 가진 분입니다. 그런 분께서 어찌하여 수천 권에 달하는 예언서를 남기셨을까요?"

카소돈이 심각한 표정을 지었다.

잠시 고민을 한 거다.

조금의 시간이 지난 후, 카소돈이 말을 꺼냈다.

"그건 교단에서도 의견이 분분했던 부분입니다. 멸망의 모습이 워낙 다양해서 주신도 알지 못하는 게 아니냐, 혹은 모든 상황에 대처하기 위한 안내서가 아니냐, 등등 말입니다."

"전지전능하신 주신 아닙니까? 그런 분이 경우의 수를 추려 내지 못해서 의미 없는 예언서들을 남발했을까요?"

"허어! 듣고 보니 그것도 그렇군요. 저희가 할루스 님의 능력을 너무 과소평가한 건가요? 정말 또 다른 뜻이 있는 겁니까?"

스슥-

이민준은 네룬다 아칼루이아의 예언서를 집어 들며 말했다.

"멸망이 소멸하던 날, 이 예언서가 빛을 발했습니다. 그 전까지는 이단 취급을 받았던 예언서가요. 그게 무엇을 뜻하는 걸까요?"

카소돈이 고개를 갸웃했다. 아직은 정확한 뜻을 이해하지 못하는 것 같았다.

이민준은 카소돈과 눈을 마주치며 말했다.

"멸망은 제가 검은 비석을 찾기 위해 우다비 성으로 올 것을 예상하고 있었습니다. 저만 죽이면 이 세상을 자기 마음대로 할 수 있다는 걸 알고 있었다는 거죠."

"아! 그렇군요!"

딱-

이민준의 말을 이해했다는 듯 카소돈이 무릎을 치며 말했다.

"멸망은 자신이 원하는 모든 정보를 얻을 수 있는 존재이지요. 만약 네룬다 아칼루이아의 예언서가 교단의 인정을 받았다면, 멸망은 한니발 님을 기다리는 대신 주신께서 숨겨 놓은 성지를 모두 파괴하러 다녔을 겁니다."

뭔가를 더 생각해 낸 카소돈이 흥분한 모습으로 말을 이었다.

"그래서! 그 성지가 중요한 역할을 하니까 일부러 저주받은 장소로 만드신 겁니다. 그래야, 그래야 멸망이 관심을 두지 않을 테니까요."

"맞습니다. 말씀하신 그대로입니다."

"그렇다면 주신께서는 이 일곱 개의 성지를 보호하고 싶어 하셨던 거군요. 마계 지역에 성지를 둔 것도, 선구자 네룬다 아칼루이아에게 시련을 내리신 이유도 말입니다. 그렇다면 분명 성지에 답이 있다는 말이군요?"

"저도 그렇다고 생각합니다."

"아하! 역시! 역시 주신이십니다! 이런 어마어마한 뜻을 숨기고 계셨다니요!"

고개를 흔든 카소돈이 이민준을 보며 말을 이었다.

"한니발 님도 대단하십니다. 어떻게 이런 엄청난 일을 알아내신 겁니까?"

카소돈이 감탄한 것만큼 이민준도 내심 놀라고 있었다.

아마도 현실 능력치로 지능을 올리지 못했다면 이 모든 비밀을 알아내지 못했을 거다.

'할루스는 정말 대단한 신이구나.'

그렇지 않고서야 어떻게 이 모든 걸 예측할 수 있단 말인가?

이민준은 두근거리는 심장을 진정시키기 위해 크게 숨을 내뱉었다. 그러고는 말했다.

"저 또한 주신의 혜택을 받은 사람입니다. 모두 그분이 준비하신 일이겠지요."

"아닙니다. 아니, 맞는 말씀이지만, 또 완전하게 옳은 말은 아닙니다. 주신께서는 길을 만들어 놓으십니다. 하지만 그 길에 놓인 고난과 역경을 이겨 내는 건 사람의 힘이지요."

꽈득-

카소돈이 힘을 주는 듯 양 주먹을 굳게 쥐며 말을 이었다.

"그리고 그 모든 역경과 고난을 한니발 님은 이겨 내셨습니다. 그 덕분입니다. 그 덕분에 이런 엄청난 일을 해내시는 거죠. 역시, 역시 주신의 전사십니다."

칭찬이 싫은 건 아니었다. 하지만 여전히 간지러운 기분이 드는 건 어쩔 수 없는 일이었다.

이민준은 멋쩍게 웃으며 지도로 시선을 돌렸다.

복잡한 문서 위에 두꺼운 펜으로 그린 지도였다.

그 때문에 많이 지저분해 보이기도 했지만, 지역을 알아보는 데는 아무런 문제가 없었다.

지도의 모양은 이미 머릿속에 입력되었으니까.

이 또한 두뇌가 활성화된 덕이었다.

'세계 지도.'

명령어를 생각하자,

지잉-

눈앞에 거대한 세계 지도가 떠올랐다.

이민준은 손을 이용해서 지도에 표시했다. 주신이 숨겨 놓은 성지의 위치를 표시하는 거다.

'다른 대륙도 가게 생겼네.'

주신의 성지가 있는 곳은 비단 가르디움 대륙에만 해당하는 일은 아니었다.

단서를 찾아라 • 255

죽음의 땅이 된 소이엄 대륙에 2개, 전쟁이 한참인 두두다 대륙에 2개.

 물론 나머지 3개의 성지는 가르디움 대륙에 존재했다.

 스슥- 스슥-

 그렇게 7개 지역의 표시가 끝났을 때였다.

 띵-

 [상처 : 레어 퀘스트가 발생하였습니다.]

 역시나 예상하고 있던 퀘스트가 발동되었다.

 하지만,

 '레어 퀘스트다!'

 다행이라면 보통의 퀘스트보다 보상이 화려한 레어 퀘스트가 발동했다는 거다.

 이민준은 서둘러 상처가 준 퀘스트를 확인했다.

[주신의 숨겨진 성지를 찾아내시오.]
특이 사항 : 연계 퀘스트가 존재하는 복합 퀘스트입니다.
성지가 존재하는 지역은 알고 있습니다. 하지만 정확하게 성지가 어디에 있는지는 해당 지역에서 알아내셔야 합니다.
당신은 7개의 성지를 활성화해야 합니다.
성지별로 개별 퀘스트가 제공됩니다.
퀘스트 완료 조건 : 7개의 성지를 활성화하시오.

퀘스트 난이도 : SSS급

퀘스트 제한 시간 : 없음

퀘스트 보상 : 개별 퀘스트에 따름

퀘스트는 주신의 숨겨진 성지를 찾는 거였다.

멸망을 막기 위해선 어차피 확인해야 할 장소들이다. 그런 와중에 퀘스트로 주어진 거였기에 나쁠 건 없었다.

띵-

[상처 : 퀘스트를 수락하시겠습니까?]

안 할 이유가 있을까?

이민준은 고민 없이 대답했다.

'수락.'

띵-

[상처 : 퀘스트를 수락하였습니다.]

찾아내야 할 성지는 총 7개였다. 그렇다는 건 7개의 개별 퀘스트가 발생해야 한다는 소리다.

아니나 다를까.

띵-

[상처 : 레어 퀘스트에 부과된 개별 퀘스트가 생성됩니다.]

첫 번째 퀘스트는 북부에 위치한 성지를 찾는 거였다.

'아메 카이드만.'

퀘스트가 지목하는 지역이다.

설명에 따르면 북부의 혹한에 뒤덮인 지역이며, 해당 지역에서 버려진 무덤을 찾으라는 거였다.

그 또한 예상했던 부분이었다.

하지만,

'뭐야, 이게?'

특이한 부분이 있었다.

> 퀘스트 시 유의 사항 : 유저의 소환수인 '섀도우 나이트'가 항상 소환된 상태에서 진행되어야 할 퀘스트입니다.

이건 또 무슨 소린가?

섀도우 나이트가 소환된 상태에서 진행되어야 한다니?

어차피 대부분 섀도우 나이트를 소환해서 데리고 다니니 문제 될 건 없었다.

그런데 어째서 이런 유의 사항이 붙은 거지?

찜찜한 기분이 드는 건 어쩔 수 없었다.

'상처야, 유의 사항이 왜 있는 건지 말해 줄 수 있어?'

[상처 : …….]

'쳇.'

역시나 이런 건 꼬박꼬박 대답을 안 해 주는 녀석이다.

이것 또한 어쩔 수 없는 일이다.

그건 그렇고.

이민준은 보상 부분을 확인했다.

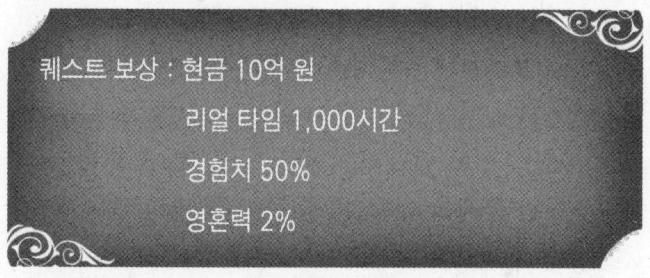

퀘스트 보상 : 현금 10억 원
　　　　　　리얼 타임 1,000시간
　　　　　　경험치 50%
　　　　　　영혼력 2%

첫 번째 퀘스트치고는 보상이 나쁘지 않았다.

아니, 이 정도면 후한 보상이라고 해야 옳을 것이다.

퀘스트를 확인하는 사이, 탁자 위에 올려진 자료를 검토하던 카소돈이 물었다.

"확인하신 내용 중에 일곱 개의 성지가 어떤 작용을 하는지에 대한 건 없었습니까?"

이민준은 고개를 흔들며 말했다.

"안타깝지만 그건 없더군요. 아마도 제가 직접 돌아다니며 찾아봐야 할 것 같습니다."

"흐음, 그렇군요. 그렇다면 말입니다. 혹시 멸망이 언제 다시 창궐한다는 건 나온 겁니까?"

이민준은 또다시 고개를 흔들며 말했다.

"그렇지는 않습니다. 하지만 다행이라면 주신께서 멸망이 나타나는 징조들을 알려 주셨습니다. 우리는 그 징조에 예의주시하면서 빠르게 일곱 지역을 확인해야 합니다."

"그나마 다행이군요."

카소돈이 고개를 끄덕이며 말을 이었다.

"확인이 끝났으니 여황제에게 이 사실을 알리지요."

"알겠습니다."

이민준은 서둘러 회의실을 빠져나갔다.

"호오! 그렇군요."

여황제가 놀랐다는 눈으로 고개를 끄덕였다. 이민준의 간결한 설명에 모든 상황을 이해한 것이다.

"천만다행입니다. 다시 창궐할지도 모를 멸망을 완벽하게 막아 내는 방법을 알아낸 거니까요."

"100퍼센트 완벽한 방법이라고는 말하기 어렵습니다. 뭐라 해도 일곱 지역에서 발생하는 퀘스트를 모두 해결해야 하는 일입니다."

이민준의 말에 여황제가 고개를 끄덕이며 말했다.

"그래요. 어려운 일일 겁니다. 하지만 방법이 아예 없는 것보단 나은 일입니다. 무엇이든 할 수 있다는 뜻이잖아요."

"옳으신 말씀입니다."

"물론 이 퀘스트에는 한니발 님의 노력이 상당히 포함되어야 할 겁니다. 함께 모험을 나서지 못해 죄송합니다."

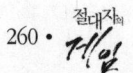

여황제가 진심이 담긴 위로를 전했다.

"아닙니다. 여황 폐하께서는 황궁에서의 일만으로도 바쁘시지 않습니까?"

"이렇게 이해해 주시니 정말 감사해요. 대신 제가 할 수 있는 모든 지원을 아끼지 않을 생각입니다. 물적, 인적, 심지어 심적인 지원조차 아끼지 않겠어요."

이 정도라면 멸망을 막아 내는 일이 어렵지는 않을 거다. 다행이었다.

"자!"

표정이 밝아진 여황제가 자리에서 일어서며 말했다.

"여러모로 즐거운 날입니다. 멸망을 소멸시킨 영웅이 귀환했고, 그 영웅이 다시 한 번 우리를 구할 방책을 마련했으니까요."

이민준은 살짝 걱정스러운 눈으로 여황제를 바라봤다. 그녀가 무슨 말을 할지를 알 것 같았기 때문이다.

아니나 다를까?

"이제 파티에 참석할 준비를 하셔야죠? 한니발 님을 위해 파티용 의상이 준비되어 있답니다. 첫 번째 댄스는 앨리스에게 양보해 드리지요. 대신 두 번째 댄스는 저와 춰 주셔야 합니다."

"그, 그렇게 하지요."

"호호호! 당황해하시는 표정도 귀여우시네요. 그럼 가 볼까요?"
이민준은 일행들과 함께 여황제의 뒤를 따랐다.

제9장

그놈은 어디에?

우우웅-

끼이익- 탁-

이민준은 차에서 내렸다.

차아아!

파도가 밀려오고 있는 동해안의 작은 어촌 마을이었다.

'이쪽이라고 했지?'

이민준은 장현식 사무실에서 봤던 추필진 관련 문서를 떠올렸다.

'사람을 죽였는데 집행유예로 풀려나다니……'

다시 생각해 봐도 속이 뒤집어질 일이었다.

분명 대번에서 뒤를 봐준 걸 거다.

그렇지 않고서야 어떻게 교통사고로 사람을 죽인 자가 간단하게 집행유예로 풀려날 수 있겠는가?

'처음부터 이렇게 될 거라는 걸 알고 있었겠지?'

그렇게 생각하니 화가 머리끝까지 올라왔다.

쩌득-

이민준은 주먹을 굳게 쥐었다.

아직 모든 인과관계가 밝혀진 건 아니었지만 분명한 추론은 대변을 지목하고 있었다.

물론 추필진이 아버지를 죽인 진범이 아니라는 건 알고 있었다.

트럭을 운전한 사람은 누가 뭐래도 마스크 사내였으니까.

하지만 그렇다고 하여 추필진이 아버지의 죽음에 대한 책임에서 벗어날 수 있는 건 아니다.

놈은 공범이다.

무슨 사연을 가지고 있든, 그는 아버지의 죽음에 관여를 한 사람이라는 거다.

쉽게 용서하고 싶지는 않았다.

"후우!"

크게 숨을 내뱉은 이민준은 고깃배가 줄을 서서 세워진 어항을 따라 걸었다.

약간의 시간이 지난 후였다.

'저기구나.'

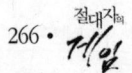

눈앞에 무너질 것 같은 담장이 보였다.

당장 쓰러진다고 해도 이상할 게 없어 보일 정도로 허름한 집이었다.

이민준은 집 주소부터 확인했다.

서류에 적혀 있던 추필진의 집 주소가 확실했다.

터덕-

문 앞에 선 이민준은 초인종을 눌렀다.

떵동-

…….

반응이 없었다.

떵동-

다시금 초인종을 눌렀다.

그러자,

"누구세요?"

앳된 목소리가 들려왔다.

여자아이의 목소리였다.

저걱- 저걱-

끼이익-

녹슨 문을 열고 모습을 드러낸 사람은 대략 5~6살 정도 되어 보이는 여자아이였다.

꼬마는 꾀죄죄한 옷을 입고 있었는데 금방이라도 쓰러질 것처럼 아파 보였다.

이민준은 자세를 낮췄다. 꼬마와 눈을 마주하기 위해서 였다.

"너, 이 집에 사니?"

"네에."

"이름이 어떻게 돼?"

"미희, 추미희예요."

이민준은 서류에서 봤던 추필진의 얼굴을 떠올려 봤다.

그러고 보니 꼬마의 눈과 입이 추필진을 많이 닮은 것 같았다.

그렇다면 이 꼬마는 추필진의 딸이 맞을 것이다.

더군다나 이름도 추미희가 아닌가?

"혹시 아버지 집에 계시니?"

"우리 아빠요?"

"그래. 아빠가 추필진 씨 맞지?"

이민준의 물음에 꼬마가 자신의 두 손을 가슴 앞으로 끌어왔다. 겁을 먹은 것 같았다.

그런 꼬마의 모습을 보니 안쓰러움이 먼저 일었다.

"어디가 아픈 건 아니지?"

"감기에 걸렸어요. 저는 감기에 자주 걸려요. 의사 선생님이 제 몸이 약해서 나쁜 병균과 잘 못 싸우는 거래요."

"그래. 그랬구나. 약은 잘 챙겨 먹고?"

"엄마가 약을 아껴 먹어야 한다고 했어요. 우리는 부자

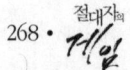

가 아니니까. 부자들처럼 약을 마구 먹으면 약이 다 떨어져서 더 이상 병균과 못 싸울 거라고 했어요. 병원비는 비싸니까요."

꼬마의 눈에 눈물이 글썽였다.

'흐음.'

불길한 느낌이었지만 전체적인 그림이 그려지는 것 같았다.

가난한 집안과 아픈 아이.

추필진이 왜 그런 짓을 벌인 건지 추측이 되었다.

이민준은 잠시 갈등을 느꼈다.

상황이 안타까우니까 여기서 그만하고 넘어가야 할까?

아니, 말도 안 되는 소리다.

이럴 때일수록 더욱 확실한 사실관계를 밝혀내야 한다.

물론 그렇다고 아이를 윽박지르거나 피해를 줘서는 안 된다.

이 여린 아이가 무슨 죄가 있을까?

이민준은 조심스럽게 아이에게 물었다.

"그래. 착하구나. 그런데 미희의 아빠는 어디에 계셔?"

추미희의 눈동자가 흔들렸다. 뭔가를 두려워하는 것 같았다.

"괜찮아. 아저씨 나쁜 사람 아니에요."

정말 상투적인 말이었다.

"정말요?"

하지만 그럼에도 추미희는 놀란 눈으로 묻고 있었다.

순박한 아이였다.

"그럼. 아저씨는 절대 나쁜 사람 아니에요."

"양복 입은 아저씨들처럼 막 우리 아빠 때리고 그러지 않을 거예요?"

아빠를 때렸다고? 누가?

이민준은 조심스럽게 물었다.

"아빠가 다른 아저씨들한테 맞은 적이 있었어?"

"네에."

"그게 언젠데?"

추미희가 막 입을 열려고 할 때였다.

"미희야!"

등 뒤에서 날카로운 목소리가 들렸다. 그 때문이었는지 추미희가 입을 굳게 닫아 버렸다.

이민준은 자리에서 일어나 뒤를 돌아보았다.

대략 20대 후반쯤 되어 보이는 여성이었다.

"누구시죠?"

여자가 불안한 얼굴로 물었다.

'서지연이구나.'

이민준은 이 여자가 추필진의 부인인 서지연이라는 걸 알 수 있었다.

서류에는 대략적인 가족 관계도 적혀 있었으니 말이다.

"추필진 씨를 찾아왔습니다. 그분을 만나 꼭 물어봐야 할 게 있거든요."

서지연이 불안한 눈으로 이민준을 훑었다.

스윽-

그녀가 엉거주춤한 몸짓으로 추미희에게 다가갔다. 안 좋은 일을 한두 번 당한 게 아닌 듯싶었다.

당연히 불안하겠지.

고개를 끄덕인 이민준은 사실대로 말하기로 마음먹었다.

이럴 땐 오히려 진실이 통하는 법이니까.

"저는 이민준이라고 합니다. 자동차 사고로 돌아가신 이인호 씨의 아들이죠."

"뭐, 뭐라고요?"

"알고 계시죠? 1년 반 전에 있었던 자동차 사고요."

"세상에."

이민준의 말에 반쯤 넋이 나간 듯 서지연이 제자리에서 주춤거렸다.

"이쪽으로 오세요."

정신을 차린 서지연이 이민준을 안내했다.

이민준은 그녀의 뒤를 따라 집 안으로 들어갔다.

작고 불편한 부엌을 지나야 방으로 들어갈 수 있는 구조였다.

부스럭- 부스럭-

좁은 방으로 들어선 서지연이 서둘러 화장대에 올려진 편지 봉투들을 감췄다.

짧은 시간이었다.

하지만 그럼에도 이민준은 편지 봉투에 적힌 주소와 내용을 볼 수 있었다.

현실 능력치를 올려서 얻은 높은 시력 덕분이었다.

"여기, 여기 앉으세요."

서지연이 방석을 내밀었다.

방석을 건네받은 이민준은 조심스럽게 바닥에 앉으며 다른 곳도 확인했다.

수북이 쌓여 있는 약봉지와 오래된 치료 기구들.

추미희가 병을 앓은 지 꽤 되었다는 증거일 거다.

안타까운 마음이 일었다.

막 자리를 잡고 앉았을 때였다.

털썩-

서지연이 느닷없이 무릎을 꿇었다.

"왜, 왜 이러세요?"

"정말 죄송합니다. 흐흐흑! 뭐라 드릴 말씀이 없습니다. 흐흑! 저희 남편이, 저희 남편이 죽을죄를 지었어요."

무릎을 꿇은 채로 바닥에 엎드린 서지연이 흐느끼며 울

었다.

더군다나,

"흐아앙! 엄마, 왜 그래. 엄마? 흐아앙!"

서지연의 갑작스러운 행동에 놀란 추미희가 엄마에게 달려들어 마구 울었다.

'아······.'

난감한 상황이었다.

"흐흐흑! 용서가, 용서가 안 된다는 건 알고 있어요. 흐으윽! 하지만 지금 남편이 없으면… 흑흑! 우리 아이는, 우리 미희는 죽어요. 흐흐흑! 그러니 제발, 제발 살려 주세요."

이런 장면을 예상하고 서지연에게 신분을 밝힌 건 아니었다. 단지 추필진이 어디에 있는지를 알고 싶었을 뿐이니까.

'흐음.'

이민준은 고개를 흔들었다. 아무래도 서지연에게 뭔가를 묻기는 다 틀린 것 같았다.

물론 상관은 없었다. 아까 서지연이 감춘 편지 봉투에 적힌 주소를 봤으니까.

그것도 하나가 아니다. 대략 편지 봉투 3개에 같은 주소가 적힌 걸 봤다.

잔뜩 뭉친 편지 봉투는 분명 추필진이 서지연에게 생활비를 보내는 방법이었을 거다.

"그만 우세요. 그만하시고 좀 편하게 앉으세요. 대화를 좀

하고 싶군요."

이민준은 울고 있는 모녀를 달랬다.

두 사람을 간신히 달랜 후였다.

그래도 직접 물어보긴 해야 했기에 이민준은 서지연에게 추필진의 행방을 물었다.

그러나 그녀는 끝내 대답하지 않았다.

서지연이 보여 준 사죄를 받고 싶은 마음은 거짓이 아니었을 거다.

하지만 그럼에도 남편의 위치를 말하지 못하는 건 딸아이를 살려야 한다는 모성애가 발동했기 때문이리라.

그 마음을 왜 알지 못할까?

아마도 서지연은 이민준이 보복을 하러 온 걸로 오해하고 있는 것 같았다.

분명 그렇지 않다고 말은 했지만 서지연은 끝까지 믿지를 않았다.

어쩔 수 없는 일이었다.

"죄송해요. 정말 죄송해요. 하지만 저희 남편은 여기에 없어요. 돈을 벌기 위해 타지로 나갔거든요. 우리 미희를 위해서요. 약이 없으면… 크흡! 우리 아이는 살 수가 없거든요."

"그렇군요."

서지연은 여전히 울먹였고, 겁을 집어먹은 추미희는 엄마를 꼭 끌어안고 있었다.

조금 전 본 편지 봉투를 통해 추필진이 어디 있는지는 대략 추측할 수 있었다.

확실히 하기 위해 서지연에게 질문을 한 거지만, 답을 하지 않겠다면 더는 방법이 없었다.

그러다 문득 궁금한 게 떠올랐다.

이민준은 서지연을 보며 물었다.

"그렇다면 이거 하나만 알려 주세요. 아까 미희가 그랬는데, 추필진 씨가 양복을 입은 사람들에게 구타를 당한 적이 있다고 하더군요."

이민준의 말에 머뭇거린 서지연이 결심했다는 듯 고개를 끄덕이며 대답했다.

"그게 이민준 씨가 사고당하기 며칠 전이었을 거예요. 남편이 빚이 좀 있었어요. 그 때문에 종종 사람이 찾아오곤 했었는데, 그날은 찾아온 사람들이 좀 달랐어요."

잠시 추미희를 쳐다본 서지연이 다시금 시선을 돌리며 말을 이었다.

"느닷없이 집으로 쳐들어와 남편을 마구 때렸어요. 미희와 제가 보고 있는데도 상관을 하지 않더군요. 그렇게 폭력을 행사한 사람들이 남편을 끌고 나갔죠."

또르륵-

서지연의 두 눈에서 굵은 눈물이 떨어져 내렸다.

"그 후로 며칠 동안 연락이 안 되었어요. 걱정되어서 경찰에 신고하려고 했지만 그럴 수가 없었어요. 흐흡! 그 사람들이 경찰에 신고하면 저와 딸을 죽이겠다고 협박했거든요. 흑! 그러고는 며칠 뒤에 남편이 사고를 냈다는 걸 알게 되었어요."

이민준은 고개를 끄덕였다.

더 말하지 않아도 사고의 경과를 알 수 있었으니까.

추필진은 아이 때문에 생긴 빚으로 협박을 당한 거다.

그리고 뒤에 일어난 일은 아버지가 보여 준 영상을 통해 알고 있었다.

어느 정도 가닥이 잡혔다.

부스럭-

이민준은 자리에서 일어났다. 서지연이 놀란 눈으로 이민준을 쳐다봤다.

스슥-

지갑을 꺼낸 이민준은 안에 든 현금을 모두 꺼내어 추미희의 손에 쥐여 주었다.

대략 50만 원 정도 되는 돈이었다.

"아저씨가 급하게 오느라고 미희 과자도 못 사 왔네. 이걸로 맛있는 거 사 먹어."

"아아, 이러시면……."

서지연이 당황한 얼굴로 만류하려 했다. 하지만 이민준

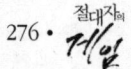

은 양보하지 않았다.

"밥도 잘 먹고, 약도 꼬박꼬박 챙겨 먹어야 한다."

추미희의 머리를 쓰다듬어 준 이민준은 뒤도 돌아보지 않고는 밖으로 나왔다.

탁-

차에 탄 이민준은 전화기를 꺼내 들었다.

꾸욱-

통화 버튼을 누르자 짧게 신호음이 울렸다.

(네, 이 대표님. 지혁숩니다.)

이민준이 전화를 건 사람은 다름 아닌 새마음 심부름센터의 지혁수였다.

"지 사장님, 부탁할 일이 있습니다."

(어이구! 일거리라면 항상 감사하죠. 무슨 일입니까?)

"제가 주소와 아이의 이름을 알려 드리겠습니다. 가능하다면 빨리 아이의 몸 상태와 치료를 할 수 있는 병인지를 좀 알아봐 주시겠어요?"

(병원 쪽을 알아봐 달라는 말씀이시군요. 주소와 아이 이름을 좀 불러 주시겠습니까?)

이민준은 지혁수에게 아이의 이름과 주소, 그리고 가족관계까지 모두 알려 주었다.

(최대한 빨리 알아봐 드리겠습니다.)

"고맙습니다, 지 사장님. 돈은 전에 보내 드렸던 그 계좌로 입금하면 되겠지요?"

(물론입니다. 후후! 이거 항상 감사합니다.)

간단하게 인사말을 끝낸 이민준은 전화를 끊었다.

부르릉-

시동을 걸었다.

잠시 추미희의 집 쪽을 쳐다보았다.

지금 하려는 일은 아버지의 죽음에 책임이 있는 사람들에게 분명한 죗값을 치르게 하려는 거다.

하지만 그 와중에 추미희처럼 죄 없는 희생자가 나올 수도 있는 거다.

"후우."

이민준은 크게 숨을 내뱉었다.

죄를 지은 사람은 벌을 받아야 한다. 그렇기에 지금 하고 있는 일을 멈출 생각은 없었다.

대신 추미희 같은 선의의 피해자가 나오는 것 또한 바라지 않는 일이었다.

이민준은 최대한 주변을 신경 쓰며 이번 일을 진행할 생각이었다.

우우웅-

끼이익-

옥포에 도착했을 때는 이미 해가 저문 후였다.

탁-

이민준은 차에서 내렸다. 서지연의 집에서 본 주소를 분명하게 기억하고 있었다.

'저쪽이군.'

이민준은 서둘러 움직였다.

오래된 단독주택들이 모여 있는 동네였다.

이곳으로 내려오면서 알아본 결과로는 조선소에서 일하는 일용직 근로자들이 많이 모여 사는 동네라고 했다.

그렇다는 건 추필진이 조선소에서 일하고 있을 가능성이 높다는 뜻이리라.

'하기야.'

이민준은 고개를 끄덕였다.

추필진이 운송 회사에 취직해서 덤프트럭을 몰았다는 건 알고 있었다.

그와 관련된 서류를 모두 기억하고 있었으니까.

추필진은 인사사고를 낸 후 회사에서 쫓겨난 사람이다.

특히나 그는 자신의 차량을 가지고 지입을 하던 사업자가 아닌, 회사의 차량을 받아 일을 했던 직원이다.

그런 그가 중대과실을 어긴 인사사고를 냈고, 더는 운송 쪽 일을 하지 못하게 되었다.

더군다나 집행유예로 풀려 나오긴 했지만, 범죄자가 되고 말았다.

결국, 그는 제대로 된 직장 또한 구하기 어려워졌다는 뜻이다.

그래서 선택을 했을 거다.

조선소 일용직.

고되고 힘든 일이 많은 위험한 직장이다.

하지만 어쩌겠는가?

추필진이 얻을 수 있는 일이란 대부분 몸을 써야 하는 험한 일일 테니 말이다.

터덕-

이민준은 빨간 벽돌로 담장을 쌓은 집 앞에 섰다.

2층으로 지어진 단독주택이었는데, 편지 봉투에 적혀 있던 추필진의 주소에는 분명 B01이라는 표시가 있었다.

그렇다는 건 이 집 반지하에 세 들어 살고 있다는 걸 거다.

슥- 스슥-

이민준은 양손에 검은 장갑을 끼며 주변을 확인했다.

그러고는,

쉬익-

민첩한 움직임으로 담을 넘었다.

타닥-

최대한 작은 몸짓으로 발소리를 죽였다.

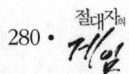

육체 능력이 뛰어나게 발달된 덕분에 조금의 움직임만으로도 가볍게 담을 뛰어넘고, 발소리도 죽일 수 있었다.

이런 건 어려운 게 아니니까.

스슥-

대략적인 집 구조를 파악한 이민준은 지하로 내려가는 계단으로 다가갔다.

숨을 죽인 채로 지하 쪽을 주시했다. 사람의 움직임은 보이지 않았다.

'아직 퇴근을 안 한 건가?'

어쩌면 야근을 하는 건지도 모른다.

만약 그를 찾지 못한다면?

그때는 집주인한테 물어보는 수밖에 없는 거다.

왜 처음부터 집주인한테 물어보지 않느냐고?

사실 옥포로 내려오면서 많은 생각을 했었다.

추필진은 아픈 딸을 둔 아빠다.

그리고 자신의 신변에 이상이 생기면 딸아이인 추미희가 죽을 수도 있다는 걸 잘 알고 있기도 하고 말이다.

오전에 서지연을 만나고 나서야 알게 된 사실이었다.

아이를 살리겠다는 일념.

서지연이 그렇게 생각하고 있다면 추필진도 다르진 않을 거다.

절실한 마음이라면 이민준 또한 잘 알고 있었다.

그렇기에 추필진이 필사적일 거라는 결론도 내렸고 말이다.

그런 상황에서 이민준이 태연하게 찾아오면 큰 소란이 일어날 가능성이 있었다.

분명 서지연은 추필진과 연락을 하고 있었을 테니까.

서지연이 오늘 이민준의 방문을 자기 남편에게 말하지 않았겠는가?

추필진이 소란을 일으켜 괜스레 경찰이 출동하는 불편한 상황을 만들고 싶지는 않았다.

이렇게 기습적으로 접근하는 이유였다.

'흐음.'

여전히 지하에서는 아무런 반응이 없었다.

결심을 굳힌 이민준은 지하를 향해 내려갔다.

알루미늄으로 만들어진 문이었다.

'음?'

확인해 보니 놀랍게도 문이 살짝 틈을 벌리고 있었다.

누군가 안에 있거나, 아니면 금방 돌아오기 위해 문을 잠그지 않았다는 뜻이리라.

스윽-

이민준은 문을 열고 안으로 들어갔다. 불이 켜져 있었는데 인기척은 없었다.

철컥-

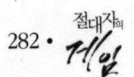

방문을 열었다.

특별할 게 없는 방이었다.

가구도 없고, 그 흔한 TV도 없는 방.

만약 이곳이 추필진의 방이 맞는다면 그는 정말 초라하게 살고 있다는 뜻이리라.

터덕-

이민준은 신발을 벗고는 안으로 들어갔다. 빠르게 주변을 훑으며 추필진의 흔적을 찾았다.

'이건?'

추필진의 흔적을 찾는 건 어려운 일이 아니었다.

'역시.'

이민준은 창가에 놓인 한 장의 사진을 집어 들었다.

추필진과 추미희가 함께 찍은 사진이었다.

아무것도 없는 휑한 방 안에 딱 하나 세워 놓은 딸아이의 사진.

저도 모르게 뭉클한 기분이 들었다.

"후우."

이민준은 빠르게 고개를 흔들었다. 감성에 빠져 일을 그르쳐서는 안 될 일이었다.

그때였다.

끼익-

녹슨 대문이 열리는 소리가 났다. 잠시 밖에 나갔던 추필진이 집으로 돌아오는 걸 수도 있었다.

스슥-

이민준은 서둘러 문밖에 벗어 놓은 신발을 가지고 방 안으로 들어왔다.

저벅- 저벅-

역시나 조금 전 문으로 들어온 사람이 추필진이 맞았는지 발소리는 지하로 향하고 있었다.

저벅- 저벅-

발소리가 점점 가까워졌다.

그러고는,

끼익-

추필진이 문을 열고 안으로 들어왔다.

스슥-

"읍!"

문 옆에 숨어 있던 이민준은 서둘러 추필진의 입부터 막았다. 그러고는 낮게 깔린 목소리로 말했다.

"잘 들어요, 추필진 씨. 나는 자동차 사고로 죽은 이인호 씨의 아들 이민준입니다."

흠칫-

추필진의 몸이 강하게 떨렸다. 몹시 놀란 모양이었다.

그건 그쪽 사정이니까.

이민준은 말하는 걸 멈추지 않았다.

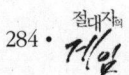

"당신에게 몇 가지 물어보러 온 겁니다. 난동을 부리거나 소리를 지르지 않겠다고 약속하면 손을 놔줄 겁니다. 알겠어요?"

잠시의 시간이 흐른 후였다. 놀란 가슴을 진정시켰는지 추필진이 고개를 끄덕였다.

"믿겠습니다."

스윽-

이민준은 그제야 추필진을 놓아주었다.

그러자,

털썩-

다리에 힘이 풀렸는지 추필진이 바닥에 주저앉고 말았다. 모든 걸 포기한 사람처럼 고개를 푹 숙인 상태였다.

"크흐흡."

추필진이 울음을 터트렸다.

서지연을 먼저 만났을 때도 이런 반응이었으니까.

어느 정도는 예상하고 있었다.

다행이라면 추필진이 반항을 하거나 발악을 하지 않았다는 점이다.

만약 그렇다고 해도 추필진을 제압하는 건 어려운 일이 아니었다.

하지만 이민준은 추필진이 그러지 않기를 바랐다.

이건 이 사내의 마음가짐을 반영하는 거다.

만약 추필진이 자신을 해하려 덤볐다면 이민준은 이 사내에게 조금의 자비도 베풀지 않을 생각이었다.

"크흡."

추필진이 한참을 흐느낀 후였다.

스윽-

자세를 바꾸어 이민준의 앞에 무릎을 꿇은 추필진이 고개를 숙인 채로 말했다.

"미안합니다. 정말 미안합니다. 제가 뭐라 말씀을 드려야 할지 모르겠습니다."

이민준은 추필진을 물끄러미 바라봤다.

아버지가 보여 준 영상 속의 그 사내다.

만감이 교차하는 순간이었다.

꽈득-

주먹을 굳게 쥐었다.

이 사내가 모든 일의 원흉은 아니니까.

이민준은 감정을 삭이며 말했다.

"일어나세요."

"아, 아닙니다. 제가 감히 어떻게 그쪽 분과 얼굴을 마주할 수 있겠습니까?"

추필진은 상당히 조심하고 있었다. 인성이 글러 먹은 사람은 아닌 듯싶었다.

"추필진 씨, 저는 사고가 어떻게 난 건지 알고 있어요. 당신이 직접 운전을 하지 않은 것도 알고 있고요."
"예에?"

어찌나 놀랐던지 추필진이 멍한 표정으로 고개를 들었다. 생각지도 못했던 모양이었다.

이민준은 계속해서 말했다.

"당신이 돈 문제로 끌려 나와 안 좋은 사람들에게 협력한 걸 알고 있습니다. 경찰서에서도 거짓 진술을 한 거겠죠. 안 그렇습니까?"

이민준의 질문에 추필진이 곤혹스러운 표정을 지었다.

스슥-

이민준은 자세를 낮추어 추필진과 눈을 마주했다.

"흐흡."

추필진은 마치 저승사자를 코앞에 둔 사람처럼 두려운 표정을 짓고 있었다.

"잘 들어요, 추필진 씨. 당신은 내 아버지의 죽음에 책임이 있는 사람입니다. 마음 같아서는 우리 아버지를 죽이고, 나를 불구로 만들었던 모든 사람을 갈가리 찢어 죽이고 싶습니다."

덜덜덜-

추필진은 정말 겁을 먹은 것 같았다. 마치 한겨울 시린 비를 맞은 사람처럼 몸을 떨고 있었으니 말이다.

이민준은 여전히 무표정한 얼굴로 말을 이었다.

"나는 이 일에 관련된 그 어떤 사람도 용서할 생각이 없습니다. 경고하는데 거짓말할 생각은 하지 마세요. 묻겠습니다. 당신이 트럭을 직접 운전한 거 아니죠?"

추필진의 표정이 복잡하게 변했다.

그렇다는 건 이 사람도 상대에게 협박을 당했을 가능성이 높다는 거다.

"추필진 씨!"

이민준은 더욱 무서운 목소리로 추필진을 불렀다.

"예, 예?"

그러자 정신을 차린 추필진이 이민준을 쳐다봤다.

그러고는,

주르륵-

양 볼을 따라 눈물이 흘러내렸다.

"죄, 죄송합니다. 흐흐흑! 제가 죽는 거라면, 그냥 저만 죽는 거라면 절대 그 사람들이 시키는 대로 하지 않았을 겁니다. 하지만 우리 미희가, 아직 펴 보지도 못한 그 어린것의 목숨이 달린 일이었습니다. 흐흐흑!"

추필진이 몸을 부들부들 떨며 울었다.

그래서?

와락-

이민준은 추필진의 멱살을 잡았다.

"흐흐흑."

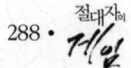

추필진은 여전히 울음을 멈추지 못하고 있었다.

그런 게 신경이나 쓰일까?

이민준은 끓어오르는 분노를 억누르며 추필진을 노려보았다.

"흐흐흑! 죽을죄를 지었습니다. 정말 죄송하고, 또 죄송합니다."

"그렇게 죄송한 걸 알면 한 번이라도 찾아왔어야지! 찾아와서 이 엿 같은 사건이 당신이 아닌 다른 놈들의 수작으로 벌어진 걸 밝혔어야지!"

"크, 크흑! 너무, 너무 무서웠습니다. 흐으윽! 정말 무섭고 죄송해서 죽고 싶었습니다. 하지만… 흐윽! 우리 미희가… 흐으윽! 제 딸이… 흐흐흑!"

자신 앞에 무릎을 꿇은 채로 울고 있는 사내.

겁을 잔뜩 집어먹은 모습이 역력했다.

그래. 당신에겐 아픈 딸이 최고의 변명이겠지.

부들부들-

이번엔 이민준의 손이 떨렸다. 가슴 깊은 곳에서 분노가 치솟아 올라왔기 때문이다.

으득-

이민준은 어금니를 깨물었다.

화가 나기도 했지만, 그렇다고 모든 걸 추필진 탓으로 돌릴 수도 없었다.

추필진이 불법적인 일에 동참을 한 건 알고 있었다.

하지만 그렇다고 해도 이자는 장기판의 졸과도 같은 거다.

그저 위에서 돈 있고 힘 있는 자들이 시키는 대로밖에 할 수 없는 그런 존재.

힘이 없고 나약해서 이용당할 수밖에 없는 그런 존재 말이다.

턱-

이민준은 손에 힘을 풀어 추필진을 놓아주었다.

"크흐흑."

그는 정말 아프게 울고 있었다.

'진짜 거지 같네.'

왜 하필 이런 약한 사람일까?

왜 하필 아픈 딸을 둔 가난한 가장이냔 말이다.

크게 숨을 내뱉어 감정을 다스린 이민준은 추필진을 정면으로 보며 물었다.

"누굽니까? 누가 이런 일을 시킨 겁니까?"

이민준의 물음에 추필진의 눈빛이 마구 흔들렸다. 마음속 고민이 큰 것 같았다.

이민준은 단호한 어투로 말했다.

"당신의 가족이 걱정이라면 솔직하게 말하세요. 다른 건 몰라도 미희와 서지연 씨의 안전 문제는 제가 도와드릴 수 있습니다."

"우리, 우리 가족을 숨겨 주실 수 있겠습니까? 제가 아는 걸 다 말해 드리겠습니다. 대신 제 아내와 딸아이를 보호해 주십시오. 제가 죽는 건 상관없습니다."

이민준은 말없이 추필진을 바라보았다. 그러자 추필진이 정말 큰 결심을 한 사람처럼 고개를 끄덕였다.

잠시의 시간이 흘렀다.

추필진이 감정을 정리한 후였다. 그가 말했다.

"사채업자인 이홍식이 데리고 온 사람이었습니다. 얼굴은 못 봤어요. 마스크로 얼굴을 가리고 있더군요. 근데 목소리가 쇠를 긁는 것처럼 거슬리는 사람이었습니다."

그래. 그놈이다.

이민준의 아버지를 죽이고, 정일석을 살해한 자.

"이름은 알고 있습니까?"

"사람들은 그자를 목소리라고 부르더군요."

목소리.

그건 그저 별명일 뿐이다.

이민준은 고개를 흔들었다.

한참은 부족한 정보다.

그러다 문득 떠오른 것이 있어 물었다.

"혹시 대번이란 회사는 알고 있습니까?"

"알죠. 대한민국에서 대번을 모르는 사람이 있겠습니까?"
"그 목소리라는 사람이 대번과 연관이 된 사람입니까?"
"예? 대번이요? 그런 낌새는 전혀 없었는데요."
"흐음."
실망스러운 대답이었다.

혹여나 추필진을 통해 목소리와 대번의 연결점을 찾을 수 있지 않을까 기대를 했으니 말이다.

잠시 생각을 정리하고 있을 때였다.

"이민준 씨라고 했죠?"
"그렇습니다."
"이민준 씨가 찾는 게 그 목소리라는 사람입니까? 아니면 저를 끌고 간 사채업자들입니까?"
"당신에게 이번 일을 시킨 사람이 누굽니까? 사채업자입니까? 아니면 목소리입니까?"
"목소리라는 사내였습니다. 하지만 협박은 제가 가진 빚으로 했었죠."

사채업자들과는 크게 상관이 없다는 것쯤은 쉽게 알 수 있었다. 그렇다면 목소리를 찾아내는 게 맞았다.

"추필진 씨, 그 목소리라는 사람, 그놈이 어디에 있는지 알고 있습니까?"

이민준은 무서운 눈으로 추필진을 노려보았다.

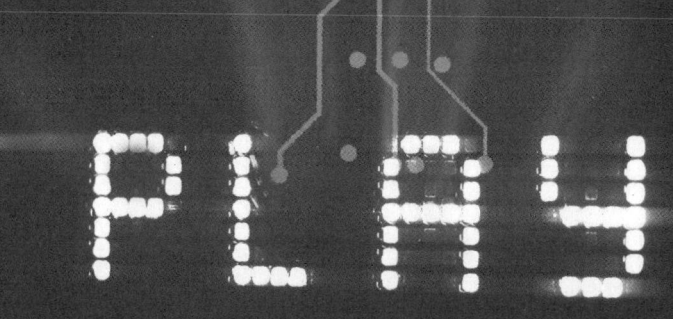

제10장

사냥

추필진이 몸을 부르르 떨었다. 아무래도 이민준의 눈빛이 부담스러웠던 모양이었다.

이민준 또한 그런 분위기를 모르는 건 아니었다.

하지만 이상하게도 아버지와 관련된 일엔 평소보다 힘이 더 들어가는 것 같았다.

그건 어쩔 수 없는 일이었다.

스윽-

이민준의 표정을 살핀 추필진이 조심스럽게 입을 열었다.

"그 사람이 어디에 살고 있는지를 아는 건 아닙니다. 그렇다고 완벽한 방법도 아니고요. 하지만 분명 연락할 방법은 있습니다."

그래? 그렇다고?

"그게 뭡니까?"

이민준은 추필진에게 바싹 다가갔다. 그러자 추필진이 눈치를 보며 말했다.

"이런 말씀 드리는 게 염치없다는 건 압니다. 하지만 이민준 씨, 제발 미희와 아내를 보호해 줄 수 있다는 보증을 좀 해 주세요."

이민준은 추필진을 정면으로 쳐다보았다. 그러자 미안했던지 추필진이 눈을 피했다.

가족을 지키겠다는 일념 하나로 이 모든 일을 감당하고 있는 사람이다.

미운 마음도 있었지만 안쓰러운 마음이 들기도 했다.

그때였다.

드으으-

전화기가 울었다.

스슥-

이민준은 전화기를 꺼내어 발신자를 확인했다.

새마음 심부름센터의 지혁수였다.

딱-

"네, 지 사장님. 이민준입니다."

전화를 받자 추필진이 눈치를 살폈다.

이민준은 손을 들어 그냥 방 안에 있어도 괜찮다는 손짓을 해 주었다.

(저녁 늦게 죄송합니다, 이 대표님. 혹시 지금 통화 괜찮으세요?)

"그럼요. 가능합니다. 알아보신 건가요?"

(네. 확인이 끝났습니다.)

벌써?

물론 오후에 전화해서 알려 준 일이었기에 알아보는 시간이 적은 건 아니었다.

하지만 아무리 그래도 그렇지. 이렇게 빨리 알아내다니!

이민준은 지혁수가 상당히 능력 있는 사람이라고 생각했다.

"어떻게 됐습니까?"

(추미희라는 아이, 희귀 질병을 앓고 있더군요. 병명이……. 흠! 읽기 힘드네요. 아무튼 병원비도 꽤 들고, 약값도 많이 드는 병입니다.)

"그렇군요."

그건 서지연의 집에 잔뜩 쌓인 약봉지와 치료 기구를 보고 예상하고 있던 일이었다.

지금 중요한 건…….

"그런데 치료는 가능한 겁니까?"

이민준의 말에 추필진이 놀란 눈으로 쳐다보았다.

그 또한 이민준이 누구에 관해 이야기하고 있는지는 모

르고 있었다.

하지만 왠지 치료라는 단어가 추필진의 관심을 크게 끄는 것 같았다.

왜 아니겠는가?

희소병을 앓고 있는 딸을 가진 아버지다.

이런 사람들에겐 작은 지푸라기도 거대하게 보이는 법이었다.

고개를 흔든 이민준은 지혁수와의 통화에 집중했다.

(그게 가능은 하다고 하더군요. 하지만 비용이 꽤 들 것 같습니다. 제가 아는 의사 형님께, 아니 사기죄로 면허가 취소되었으니 의사는 아니지만, 어쨌든 그 형님께 여쭤보니 적게는 2억에서, 많게는 5억 정도 든다는군요.)

사기를 쳐서 면허가 취소된 의사라고?

"죄송하지만, 그분 정말 믿어도 되는 사람입니까?"

(물론입니다. 저 빵에 있었을 때 엄청 유명했던 사람이에요. 교도관들 사이에선 '닥터 척척'으로 불렸죠. 문제는 돈과 여자를 너무 밝혀서 그런 건데, 한국대 의대 수석 출신이면서 한국대 망신이 된 분이죠.)

살짝 미심쩍은 기분이 들기도 했다.

(아! 걱정은 하지 마세요. 실력은 끝내줍니다. 이 양반 존홉의에서 박사 학위도 딴 사람이에요. 후우! 그런데 그놈의 여자와 돈이 뭔지. 흠흠! 아무튼 믿어도 좋은 사람입

니다.)

"알겠습니다."

그렇다는 건 추미희의 병 치료에도 희망이 생겼다는 뜻이리라.

"참! 지 사장님."

(예, 이 대표님. 말씀하세요.)

"한 가지 더 부탁할 게 있습니다."

(그래요? 뭡니까?)

"당분간 서지연 씨와 미희를 보호해 주셨으면 좋겠습니다."

"허헙!"

추필진이 놀란 눈으로 이민준을 쳐다봤다.

당연히 그러겠지.

자신의 가족과 관련된 일이니까.

이민준은 통화를 위해 일부러 모르는 척을 했다.

지혁수가 잠시 고민을 하는지 수화기 너머가 조용했다. 그러다 소리가 들렸다.

(우리 회사 운영 방침이 어떤지는 말씀드렸습니다. 그 방침에 어긋나는 일은 아니겠죠?)

불법적인 일이 아닌지 고민하는 게 분명했다.

"물론입니다. 지금은 오히려 죄 없는 서지연 씨와 미희가 위협을 받는 상황입니다."

(그런 일이라면 문제 될 게 없지요.)

"쉬운 일은 아닐 겁니다. 두 사람을 위협하는 자가 보통이 아니거든요. 사람을 죽이는 일도 서슴지 않고 벌이는 사람입니다."

(후후후! 갱생한 범죄자들의 능력을 우습게 보시면 안 됩니다. 이 대표님, 대신 한 가지 문제가 있습니다.)

"그래요? 그게 뭡니까?"

(비용이 만만치는 않을 겁니다.)

"비용이라면 걱정하지 마세요. 그 정도 지급할 능력은 충분히 가지고 있습니다."

(뭐, 저도 이 대표님 회사를 알아봤습니다. 의지만 있으시다면 그럴 정도 능력은 되시겠더군요. 어떻게 할까요? 진행할까요?)

이민준은 추필진을 바라보았다. 그러자 추필진이 서둘러 무릎을 꿇었다.

정확한 통화 내용을 다 알고 있는 건 아니었지만, 지금 이민준이 자신의 가족을 살려 주려 한다는 걸 눈치챈 것 같았다.

그의 눈에 간절함이 담겨 있었다.

결심을 굳힌 이민준은 망설임 없이 말했다.

"진행해 주세요."

(알겠습니다. 바로 진행하겠습니다.)

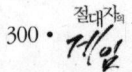

이민준은 통화를 끝냈다.

추필진의 눈에는 눈물이 가득 담겨 있었다.

저벅-

추필진에게 다가간 이민준은 자세를 낮추었다.

"제가 사람을 시켜서 미희의 병에 대해 알아봤습니다. 충분한 치료비만 있다면 완치가 가능한 병이라더군요."

"크, 크흡."

추필진은 대답 대신 울음을 터트렸다.

그렇다고 계속 상황을 지켜볼 건 아니니까.

이민준은 말을 이었다.

"하지만 문제는 치료비입니다. 못해도 2억 원에서 5억 원은 들 겁니다."

"아아, 저는 그런 돈이 없습니다."

"추필진 씨가 동의한다면 그건 제가 도와드릴 수 있습니다."

"저, 정말입니까? 크흡! 그게 진심이십니까?"

"대신 공짜는 아닙니다. 은행 이자 정도로 빌려드리는 겁니다. 추필진 씨가 갚아야 하는 돈이라는 겁니다."

"물론입니다. 갚겠습니다. 당연히 갚겠습니다. 그런데 정말 저를 도와주신다는 말씀이십니까?"

"그렇습니다. 대신 이번 일에 전적으로 협조한다는 조건이 붙습니다."

"크흑! 합니다. 하고말고요. 흐흑! 제가 죽는 한이 있더라도 할 겁니다."

"그렇게 쉽게 목숨을 버리면 안 되죠. 살아서 제 돈을 갚아야 할 거 아닙니까?"

"예. 그럴 겁니다. 흐으윽! 어떻게든 살아서 죗값도 치르고… 흐흑! 이민준 씨께 은혜도 갚을 겁니다."

"그렇다면 울음을 그치세요. 독하게 마음먹어야죠. 그리고 말해 보세요. 대체 그 목소리라는 사람과 어떻게 연락을 해야 합니까?"

이민준은 추필진을 정면으로 쳐다봤다.

우우웅-
한밤중의 영동고속도로는 한가하기만 했다.
꽈득-
이민준은 운전대를 강하게 쥐었다.
목소리.
그놈을 잡으면 아버지의 죽음이 대번의 책임이라는 걸 밝힐 수 있을지도 몰랐다.

아니, 적어도 그놈을 잡아서 주변을 확인하면 연결 고리를 찾을 수 있겠지.

지금 중요한 건 대번과 아버지의 죽음이 연관이 있다는 증거를 잡는 거다.

경찰과 연결선이 있는 임재식 과장도 알고 있었고, 범죄자들과 연관이 깊은 지혁수도 알고 있으니까.

목소리를 잡기만 한다면 놈에 대해서 파고드는 건 어려운 일이 아닐 거다.

하지만 역시 문제라면 놈을 잡는 일이었다.

'과연 모습을 드러낼까?'

펄럭-

이민준은 보조석에 던져둔 차용증을 들어 올렸다.

추필진이 자필로 작성한 거다.

그리고 그 안에는 추미희의 치료비와 관련된 일체의 비용을 성실하게 갚겠다는 내용이 담겨 있었다.

찰락-

이민준은 차용증을 보조석에 던졌다.

지금 중요한 건 돈에 대한 내용이 아니었다.

'음성 사서함이라……'

추필진이 말한 목소리와의 대면 방법은 의외로 간단했다.

목소리는 추필진이 자동차 사고에 대해서 외부로 알리면 추필진은 물론 그의 가족들도 모두 죽이겠다고 협박을 했었다.

그뿐만이 아니었다.

만약 누군가 이 사건에 대해서 파헤치기 시작하면 음성

사서함에 내용을 남기라고도 했다.

그러면 자신이 와서 사건을 파헤치는 사람들을 처리하겠다고 말이다.

'철저한 놈들이구나.'

놈들은 뒷문을 단속하기 위해 여러 가지 방법을 만들어 놓은 듯했다.

그러나 반대로 뒤집어 생각해 보면 그들이 만든 방법을 역으로 이용할 수도 있다는 뜻이 된다.

추필진이 마음을 돌린 덕분에 얻어 낸 소중한 기회였다.

'준비가 필요해.'

어렵게 얻어 낸 기회이니만큼 성급하게 실행을 해서는 안 될 일이었다.

더군다나 목소리라는 녀석.

놈은 프로다.

그런 놈이 어설픈 함정에 빠져들 리가 없었다.

추필진이 말한 방법을 바로 실행하지 않은 이유였다.

이 문제에 대해서는 지혁수와 논의를 해 봐야 할 것 같았다.

역시나 프로들은 이럴 때 쓰라고 있는 것 아니겠는가?

이민준은 추필진에 대해서도 곰곰이 생각했었다.

그를 옥포에 남겨 놓고 와도 되는 걸까?

혹시 그가 배신하지는 않을까?

모든 일을 100퍼센트 확신할 수는 없는 거다.

그럼에도 추필진을 믿게 된 건 그의 확고한 자세와 가족을 생각하는 마음이었다.

의도한 건 아니었다.

하지만 어쩌다 보니 추필진의 가족이 평택에 머물게 되었다.

추필진에겐 가장 절실한 딸과 아내의 안전이 이민준의 결정에 따라 좌지우지되는 거다.

그가 이민준을 배신할 수 없는 이유였다.

목소리를 잡기 전까지다.

그리고 그걸 위해선 추필진의 전적인 도움이 필요하다.

모든 준비가 끝나면 옥포로 내려가 목소리를 잡을 거다.

으득-

이민준은 어금니를 꽉 깨물었다.

이틀이 지난 후였다.

게임 속에서는 연일 이어지는 파티로 시간을 낭비하고 있었지만, 현실에서는 아버지의 일로 바쁘기만 했다.

우우웅-

끼이익-

이민준은 차에서 내렸다. 컨테이너가 잔뜩 놓여 있는 들판이었다.

"아! 이 대표님."
이민준을 발견한 지혁수가 반가운 얼굴로 다가왔다.
"지 사장님."
이민준도 지혁수에게 다가가 손을 맞잡으며 물었다.
"별다른 일은 없었죠?"
"예. 특별한 일은 없었습니다."
"목소리라는 사람에 대해서 알아본 건 어떻게 되었습니까?"
"그게 꽤 특이하네요. 추필진 씨가 말한 사채업자라는 사람도 찾기 어렵고, 목소리라는 사람도 찾기 어렵습니다."
이민준은 고개를 끄덕였다.
역시.
자신들의 존재를 철저하게 감추고 있는 사람들이었다.
입맛이 썼다.
이민준은 지혁수를 바라보며 물었다.
"꼭꼭 숨어 있는 사람들입니다. 은밀하게 일을 진행하는 사람들이기도 하고요. 많이 부담되지 않겠습니까?"
서지연 모녀를 보호하는 게 어렵지 않은가를 묻는 거였다.
하지만 그럼에도 지혁수는 의외로 밝은 얼굴이었다.
"제가 자만하는 스타일은 아닙니다. 어렸을 땐 그런 마음을 가지고 살기도 했지만, 그러다가 많이 혼나고는 했거든요. 이젠 정말 조심한다는 소리죠. 그런 입장에서 말씀 드리자면 저는 자신 있습니다. 그러니 걱정 안 하셔도 됩니다."

물론 세상에 완벽한 건 없을 거다.

그래도 지혁수가 이렇게 안심을 시켜 주니 다행이라는 생각이 들었다.

"참, 서지연 모녀는 어떻습니까? 잘 적응하고 있나요?"

"여기 컨테이너 집이 호텔급으로 편한 곳은 아닙니다. 하지만 전에 지냈던 집보다는 훨씬 편하고 좋을 겁니다. 실제로도 좋아하고 있고요."

그건 정말 다행이었다.

혹여나 서지연과 추미희가 불편해하고, 부담스러워할까 봐 걱정을 많이 했기 때문이었다.

잠시 주변을 둘러본 이민준은 지혁수에게 시선을 돌리며 물었다.

"준비는 다 된 건가요?"

"그렇습니다. 곧 전문가들도 올 거고요."

살짝 뜸을 들인 지혁수가 걱정스러운 얼굴로 물었다.

"그런데 이 대표님은 괜찮으시겠어요?"

"뭐가 말입니까?"

"그 목소리라는 사람이요. 대표님 말씀을 들어 보니 꽤 숙련된 청부업자입니다. 우리 쪽 애들이야 이런 일에 숙달이 된 애들이지만……."

지혁수는 혹여나 자신의 말이 실례가 될까 뒷말을 잇지를 못했다.

그 뜻을 왜 모를까?

지혁수는 혹시 이번 일로 인해 이민준이 크게 다치는 건 아닐까 걱정하는 거다.

"혹시 임재식 과장님한테 뭐 들은 말은 없으셨죠?"

"예? 어떤 거 말입니까?"

지혁수는 임재식에게 두춘식 사건 때 벌어졌던 활극에 대한 이야기를 전해 듣지 못한 듯싶었다.

당시 임재식에게 주변에 이야기를 퍼트리지 말아 달라고 부탁을 했었으니까.

다행히도 임재식은 입이 무거운 사람인 것 같았다.

이민준은 미소 지으며 말했다.

"걱정하지 마세요. 제 몸은 제가 지킵니다."

"후우! 알겠습니다."

지혁수가 입맛을 다실 때였다.

후우웅-

때마침 검은색 승합차 한 대가 코너를 돌아 모습을 드러냈다.

이민준은 승합차를 쳐다봤다.

탁-

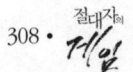

"어허! 여기가 평택이여?"

"이야! 이 향긋한 시골 냄새! 이거 농사짓고 싶은 마음이 팍팍 솟구치는구만!"

차에서 내린 사람들은 정말 싸움을 잘하게 생긴 3명의 사내였다.

무식하게 덩치만 큰 사람들이 아니다.

마치 UFC 선수들처럼 굵은 목에 각이 잡힌 몸을 가진 그런 사내들이었다.

타닥-

지혁수가 발 빠르게 걸어 나가 사내들에게 인사했다.

"아이고! 형님들 오셨습니까?"

"어! 우리 지 사장, 아니 이젠 지 회장이라고 불러야지?"

"그냥 편하게 불러 주세요, 형님."

"어허! 이거 왜 이래? 혁수 아니었으면 우리가 마음잡고 살았겠어?"

"그럼 그렇지! 우리가 누구야? 대한민국 최초 갱생 클럽인 '우리도 제대로 살아 보자!' 줄여서 '우. 제. 살' 클럽 아니야? 하하하!"

넓적한 얼굴을 가진 사내가 호탕하게 웃었다.

우. 제. 살?

'무슨 고깃집 메뉴도 아니고……'

이민준은 고개를 흔들어 잡생각을 털어 냈다.

저들의 나이는 그다지 많아 보이지 않았다.

대략 20대 후반 정도의 나이?

"이쪽으로 오세요, 형님. 고객님을 소개해 드리겠습니다."

"어, 어흠! 그렇지. 흠흠!"

고객이란 소리에 3명의 사내가 표정 관리를 하며 다가왔다.

"반갑습니다. SH 무역의 이민준입니다."

"이호범이요."

"박군두입니다."

"마정출이에요."

이민준은 3명의 사내와 눈을 마주치며 악수했다.

이호범은 아놀드 슈왈제네거를 닮았고, 박군두는 실베스타 스텔론을 닮았다.

그래서 각각 별명도 코만도와 람보라고 했다.

특이하게 생긴 건 마정출이었는데, 그는 사각 진 얼굴을 가지고 있어 별명이 버스라고 했다.

비슷한 나이대의 사내들이었지만 코만도인 이호범이 이들의 대장 격으로 보였다.

그래서 그랬는지 이호범이 앞으로 나서며 말했다.

"지금 바로 출발하시죠. 해야 할 일에 대해서는 내려가는 차에서 말씀드리겠습니다. 람보랑 버스는 승합차에 타고,

내가 이 대표님 차에 탈게."

"오케이."

"그러자고."

이호범의 간단한 정리와 함께 일행은 옥포를 향해 출발했다.

우우웅-

이민준은 운전대를 직접 잡았다.

이호범이 운전하겠다고 했지만 정중하게 거절했다. 운전하는 게 어려운 일은 아니니 말이다.

내려가는 길에 이호범은 간단하게 자신과 동료들을 소개해 주었다.

이호범과 마정출은 전국구인 조직 출신이라고 했다.

둘은 행동대장 역할을 하며 많은 폭력 사건에 연루되는 바람에 감옥에 가게 되었는데, 그 안에서 지혁수를 만났다는 거다.

이호범의 말에 따르면 지혁수는 마치 종교인처럼 주변 사람들에게 왜 착하게 살아야 하는지를 설파하고 다녔다고 했다.

처음엔 미친놈인 줄 알았고, 그 때문에 많은 괴롭힘도 당했다고 했다.

하지만 지혁수는 멈추지 않았고, 그 덕분이었는지 마음

을 돌린 죄수들이 하나둘 지혁수의 생각에 동참하기 시작했다는 것이다.

"저도 그중 하나였죠. 혁수 그놈, 진정성이 있어요. 사람 마음을 울리더군요."

이호범의 말에 이민준은 고개를 끄덕였다. 지혁수가 어떤 사람인지를 알고 있었기 때문이다.

이호범이 말을 이었다.

"박군두는 혁수 때문에 알게 된 친군데, 군 출신이에요. 저처럼 사회에서 안 좋은 일을 하다가 마음잡고 자원해서 군대에 갔다 온 녀석이죠. 혁수가 군두한테 큰 영향을 받았다고 하더군요."

"그렇군요."

이 정도면 대충 어떤 사람들과 일을 하게 되었는지는 알게 된 거다.

박군두는 군 출신이라고 하니, 프로의 자격을 조금이라도 갖추고 있을 거다.

그렇다면 이호범과 마정출은?

이민준은 걱정스러운 표정으로 이호범에게 물었다.

"말씀드린 목소리라는 사람, 전문 청부업자 같았어요. 사람을 죽이는 솜씨가 소름 끼치게 깔끔하고 치밀했거든요."

"이 대표님이 걱정 많이 하신다고 들었습니다. 저희가

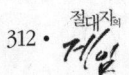

TV나 영화에 나오는 생각 없는 조직폭력배로 보이시는 거죠?"

느닷없는 이호범의 말에 살짝 당혹스러운 기분이 들었다.

"아니요. 그런 건 아닙니다."

"굳이 안 그러셔도 괜찮습니다. 물론 그런 애들도 있죠. 하지만 저나 정출이는 양아치 같은 애들과 다릅니다. 저희도 프로 의식을 가지고 일을 합니다."

"그런가요?"

"그렇습니다. 물론 예전에 저질렀던 일들에 대해선 많이 후회하고 살고 있습니다. 다 혁수 덕분이죠."

이민준은 고개를 끄덕여 주었다.

잠시 무언가를 생각하던 이호범이 입을 열었다.

"그럼 일에 관해서 이야기하시죠. 대략적인 이야기는 혁수에게 들었습니다. 아버님 살해범을 잡으려고 하신다고요?"

"맞습니다."

"저와 동료들이 나름대로 방법과 동선을 잡아 봤습니다. 어제 옥포에 들러 현장 검증도 했고요."

부스럭- 부스럭-

가방에서 자료를 꺼낸 이호범이 말을 이었다.

"우린 이런 걸 사냥이라고 합니다. 보통 목소리 같은 청부업자는 혼자 활동하죠. 자신을 아는 사람이 많으면 안 되거든요."

바스락- 바스락-

서류의 순서를 확인한 이호범이 계속해서 말했다.

"그래서 이번 작전을 목소리 사냥으로 할 생각입니다. 저희가 책임지고 그자를 잡아 드리겠습니다."

이호범은 자신감이 넘치는 표정이었다.

※ ※ ※

옥포에 도착했을 때는 오후 시간이었다.

"이민준 씨!"

추필진은 그의 집 근처에서 초조하게 기다리고 있었다.

추필진과 인사한 이민준은 나머지 사람들을 인사시켜 주었다.

인사가 끝난 후 이호범이 안내했다.

"일단 승합차로 가시죠."

탁-

승합차 안으로 들어간 일행은 추필진의 몸에 추적 장치를 붙여 주었다.

추적 장치 부착이 완료되자 이호범이 전화기를 내밀며 말했다.

"음성 사서함을 남기고 나서는 정말 조심해야 합니다. 자칫 잘못하다간 추필진 씨가 위험해질 수도 있습니다."

이호범의 말에 이민준을 슬쩍 쳐다본 추필진이 다부진 얼굴로 말했다.

"각오하고 있던 일입니다."

"좋습니다. 그럼 여기 쓰인 거 보시고 이대로 사서함을 남기시면 됩니다."

"알겠습니다."

추필진은 이호범이 전해 준 종이를 보며 연습을 했다.

내용은 자신을 조사하기 위해 나타난 사람에 관한 거였다.

1년 반 전에 벌어졌던 자동차 사고를 파헤치고 다니는 사람에 관한 내용.

목소리가 두려워하는 건 그의 존재를 뒤쫓는 사람이 나타나는 것일 거다.

그런 측면에서 봤을 때, 이호범과 일행이 만들어 놓은 시나리오는 정말 좋은 함정이었다.

조금의 시간이 지난 후였다.

"후우! 준비되었습니다."

약간은 불안한 얼굴이었지만 추필진의 각오는 대단했다.

"좋습니다. 그럼 전화하세요."

"알겠습니다."

꾸욱-

추필진이 입술을 꽉 깨문 채로 전화기의 통화 버튼을 눌렀다.

일행이 타고 온 승합차는 큰길 쪽에 정차해 있었다.

차 안에는 이호범이 타고 있었고, 마정출은 승합차와 조금 떨어진 곳에서 행인인 척을 하고 있었다.

이민준은 고개를 들어 건너편 건물을 쳐다보았다.

특수부대 하사 출신이라는 박군두는 망원경을 든 채로 건물 옥상에서 주변을 둘러보는 중이었다.

꽤 잘 짜인 한 팀처럼 보였다.

저 세 사람은 각자 맡은 역할이 있었다.

이호범은 미끼였고, 마정출은 대기조였다. 그리고 박군두는 주변 탐색과 지원을 담당했다.

물론 능력 면으로 보면 이민준은 저들보다 한참은 위에 있었다.

하지만 저들이 그런 이민준의 육체 능력을 알고 있는 건 아니니까.

"흐음."

이민준은 작게 숨을 내뱉었다.

아래쪽이 훤하게 내려다보이는 5층 건물의 옥상이었다.

"이 대표님은 그저 멀리 떨어져 계시면 됩니다. 혹시나 걱정되시면 방해되지 않는 곳에서 지켜보시다가 만에 하나, 정말 만에 하나 문제가 생기면 경찰에 신고나 해 주세요."

이호범이 자신만만한 얼굴로 한 말이었다.

피식-

이민준은 저도 모르게 웃고 말았다.

어쩌면 당연한 거다.

이호범은 이민준이 초현실적인 능력을 가지고 있는 걸 모르니 말이다.

치익-

(아직까진 아무런 낌새도 없다. 뭐, 연락한 지 얼마 안 됐으니 이제야 슬슬 움직이기 시작하겠지.)

치익-

(그래도 경계 소홀히 하지 말고 긴장하고 있어.)

치익-

(오케이!)

치익-

(5분 뒤에 다음 장소로 이동한다.)

이호범 일행은 무전기를 사용하고 있었는데, 안전을 위해 이민준에게도 무전기 사용을 권했다.

이민준은 시간을 확인했다.

이호범이 말한 대로 긴장을 늦춰서는 안 될 일이었지만, 그래도 놈이 나타나기엔 아직 이른 시간이긴 했다.

추필진은 음성 사서함에 자신을 쫓아다니는 사람들의 인상착의와 차량 번호를 남겼었다.

그리고 차량 번호는 다름 아닌 저 아래 내려다보이는 승합차.

바로 이호범 일행이 타고 온 검은색 카스타나.

작전은 이랬다.

목소리의 의심을 피하기 위해 이호범이 카스타나를 몰고 정해진 동선에 따라 움직인다.

동선은 이호범이 추필진을 감시하는 것처럼 보이기 위해 짜 놓은 거였다.

그래도 이호범과 일행이 프로는 맞는지 이동 동선은 상당히 치밀하게 짜여 있었다.

마치 스파이 영화에 나오는 사람들처럼 말이다.

5분이 지났다.

치익-

(이동한다.)

이호범이 이동 명령을 내렸다.

대기는 밤까지 이어졌다.

추필진이 퇴근한 후였기에 일행들은 모두 추필진 집 근처에 잠복해 있었다.

물론 한곳에 몰려 있는 건 아니었다.

계획대로 다들 따로따로 떨어져서 만약의 사태에 대비하는 중이었다.

온종일 동선에 맞춰서 돌아다녔지만 큰 수확은 없었다.

치익-

(아무래도 오늘은 안 올 모양인데?)

마정출이 힘이 빠진 목소리로 한 말이었다.

치익-

(치밀한 놈이라면 밤에 접근할 수도 있어. 순번 돌아가며 쪽잠으로 때우는 수밖에 없겠다.)

두 번째 무전은 박군두에게서 온 거였다.

그는 저녁때 잠시 자리를 비웠다가 렌터카를 빌려서 나타났다.

야간 잠복을 위한 준비였다.

치익-

(이 대표님은 그만 들어가서 주무세요. 일이 생기면 제가 전화드리겠습니다.)

치익-

"알겠습니다."

말은 그렇게 했지만, 현장을 떠나는 게 영 마음에 걸렸기에 이민준은 동네 근처에 차를 세우고는 차 안에서 잠을 청했다.

잠복은 다음 날까지도 이어졌다.

당연한 이야기지만 아침부터 동선에 따라 움직였다.

여전히 서로 연락을 주고받으며, 볼일도 보고 식사도 해결했다.

이호범 일행은 이런 일들을 능수능란하게 처리했는데, 아무래도 한두 번 해 본 솜씨가 아닌 것 같았다.

그런 점에선 확실히 믿음이 갔다.

치익-

(이 대표님, 오늘부터는 더욱 집중해야 합니다. 아마 목소리가 근처에 와 있을 수도 있습니다.)

어둠이 점점 내려오고 있을 때, 이호범에게서 온 무전이었다.

전문가 측면에서 보면 이민준이 걱정될 만도 했다.

그건 어쩔 수 없는 거니까.

이민준은 아무렇지도 않다는 듯 무전을 보내 주었다.

"네, 알겠습니다. 더 긴장하고 있겠습니다."

그러자 바로 답변이 돌아왔다.

치익-

(오늘은 어제보다 조금 더 멀리 떨어져서 지켜보세요. 아니면 숙소에 가 계시던가요. 목소리는 저희가 확실하게 사냥하겠습니다.)

치익-

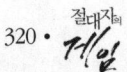

"방해되지 않게 최대한 멀리 떨어져 있겠습니다."

치익-

(알겠습니다.)

"으잣!"

무전을 끊은 이민준은 크게 기지개를 켰다.

고글을 가지고 온 덕분에 새벽에 게임에도 접속했었다. 다행이라면 게이트가 근처에 열렸다는 거다.

'역시.'

생각했던 대로 게이트는 이민준이 있는 지역에서 열리는 게 맞는 것 같았다.

잠시 게임 세상에 대해 생각했다.

게임 속 세상은 여전히 축제와 파티가 이어지고 있었지만, 이 또한 마무리되어 가는 중이었다.

그렇다는 건 곧 멸망을 막기 위한 여행을 시작해야 한다는 뜻이다.

'그편이 훨씬 편하지.'

황성에서 귀족들과 어울리는 건 정말 할 짓이 아닌 것 같았다.

스슥-

전화기를 들어 업무 내용도 확인했다. 비록 옥포에 와 있었지만, 회사 일도 소홀히 할 수는 없었다.

확실히 회사의 대표 자리가 쉽지는 않았다.

그렇게 시간을 보내고 있을 때였다.

치익-

(추필진 씨가 퇴근한다. 모두 정해진 순서에 따라서 추필진 씨 집 근처로 모인다.)

치익-

(오케이!)

치익-

(알았으.)

무전을 받은 이민준도 바로 건물에서 내려가 차에 올라탔다.

'오늘도 안 오려는 건가?'

목소리를 잡는 게 쉬운 일이 아니라는 건 알고 있었다.

또한 시간이 꽤 걸리리라는 것도 예상했고 말이다.

하지만 막상 이렇게 시간이 지나니 불안해지는 건 어쩔 수 없는 일이었다.

※ ※ ※

이민준은 차에 달린 시계를 확인했다.

밤 11시였다.

이호범 일행은 교대 근무로 들어갔고, 이민준에게도 들어가서 자라고 말했다.

이민준은 호텔로 가는 대신 추필진의 집에서 조금 떨어진 곳에 차를 세워 놓았다.

'자야 하나?'

살짝 고민이 들려 할 때였다.

그르르릉-

뒤쪽에서 커다란 소리가 들렸다.

'뭐지?'

이곳은 그다지 넓지 않은 동네 길이었다.

그럼에도,

우우웅-

불빛을 번쩍이는 커다란 트럭이 속도를 늦추지 않은 채로 달리고 있었다.

후웅-

트럭이 빠르게 이민준의 차를 스치고 지나갔다.

'설마?'

순간 불길한 예감이 들었다.

그러고는 잠시 후,

콰광- 콰지직-

멀지 않은 곳에서 무언가 강하게 부딪치는 소리가 들렸다.

'이런 씨!'

이민준은 감각적으로 알았다.

그놈이다!
그놈이 기습을 한 거다!
탁-
차 문을 열고 밖으로 튀어나온 이민준은 승합차가 세워진 곳을 향해 달렸다.

12권에 계속

www.mayabook.co.kr

www.mayabook.co.kr